# 無惡不作俱樂部

作者/闕星洛　插畫/ZUKA蘇卡

# 目次

# 序章 ⚜ 無惡不作俱樂部

「幹，怎麼會這樣啦！」

信修看著自己那不成車形的腳踏車，苦悶地大聲抱怨。

就在剛剛，他從上完課的教室走出來時，便發現他那新買的、準備要去載女朋友的腳踏車倒在地上，而且偏離了原先停的位置很長一段距離。大感不妙的他衝了上去，卻發現那車已經扭曲變形。龍頭凹進一個肉眼可見的角度，一邊的踏板不翼而飛，最可怕的是一個輪子不知道為什麼完全卡死了，動也不能動，連牽車去附近的車行修都沒辦法。

更甚者，微雨的天氣並沒有給予信修太多同情。而路上的人們也都匆匆地往自己的目的地走去，沒有人停下來，也沒有人朝這邊望甚至一眼。

「只能自己搬去車行了……」

信修正在這麼想，一個聲音卻突然從他身後響起。

「咦？這位同學怎麼了嗎？」

那聲音非常地清脆，明明輕柔得像是羽毛拂過身體，卻又偏偏響亮到在嘈雜的校園中，用一句簡單的話就勾起信修的注意力。

信修轉過身。

在他眼前的是一個女大學生，看起來不會比他大多少，但她那高眺的身材、姣好的身體曲線，在在顯示了來者的不凡。她穿著白色的無袖上衣跟棕色的短裙，其下毫不掩飾地露出她白裡透紅的肌膚。一雙水汪汪的大眼鑲嵌在透出蘋果肌色的臉龐上，烏黑亮麗的及胸秀髮梳成公主頭，看起來美麗且帶著點青春的可愛感。

信修愣住了，因為他很清楚這個人是誰。

本校公認的校花，全校美貌的最頂點，同時也是游泳校隊的隊長兼王牌黃妮妮。

黃妮妮眨了一下眼，看著信修牽在手上那已經慘不忍睹的腳踏車，然後瞬間像是明白什麼似的，抬起頭直接看著他。

「需要幫忙嗎？」她問。

「不不，怎麼好意思……」

「啊這點小事沒關係啦！」

妮妮二話不說繞到信修身後，把自己剛撐著的折疊傘收起來放進包包，然後一手就將不算太輕的後輪給搬離地面。

「沒有很重嘛……」她一派輕鬆地提著半台車，然後用空著的手再把傘撐開。

「哇喔……」信修正讚嘆著妮妮藏在美貌下的強大肌力，但妮妮似乎不覺得這有什麼。

「走吧！」

兩個人就這樣一前一後走在校園中。信修跟妮妮一起走著，不知道為甚麼總有種心癢癢的感覺。這種場景、這種兩人獨處的時光，簡直就像是什麼偶像劇會出現的名場面……

想到這裡信修不敢再想。對方可是全校無人不曉的黃妮妮，要是真挨上去，接受了還好，不接受他可能就會自動被全校黑名單，永世不得翻身了。

信修眼角餘光偷偷向後瞄向妮妮，後者輕輕抓著腳踏車的後座，另一隻手撐著傘在雨中漫步。看見他向後看來，妮妮對著他嫣然一笑。

而這一笑讓信修心跳直接漏了一拍。他趕緊轉回去牽著龍頭，再也不敢往後看。

這麼一個奇女子就這樣紆尊降貴，跑下來幫忙一個毫不認識，本來可以連看都不需要看的人。這就是所謂的，豔福不淺嗎……

但快樂的時光總是過得特別快。過了幾分鐘之後，信修跟妮妮抵達了學校內的車行。他們將車子交給師傅修理之後，便走到了附近的屋簷。

「到這裡就可以了，真的很謝謝妳……」

「不會不會。」妮妮笑了笑。她拿出自己包包裡的衛生紙，準備把自己手上因為扶車沾到的雨水擦乾淨，信修見狀便拿出了自己的手帕給她。

「借妳用。」

「謝啦！」

她帶著點頑皮的笑容浮現在臉上，接過了手帕。她大致上將自己沾到水的手擦了一下，然後走近正在一旁等著的信修。

但她正要伸出手將手帕遞給信修時，卻被地上的廢輪框絆了一下，整個人撲進了信修的懷裡！

信修的腦袋瞬間當機。

那邊的男同學不要露出那種充滿殺氣的眼神啊！我不是故意的，我知道她是校花，但我不出手接住她就要直接跌下去了啊！

「啊……抱歉！」妮妮兩手此時還抱著信修，讓信修的耳根子從燙紅變成沸騰。

「喔！小心點啊美女！這摔下去，妳的臉蛋就毀囉！」一旁的修車師傅還在旁邊幫腔，惹得更多人往這裡看來。信修只能別過頭去，而似乎是不想引起注意，妮妮也趕緊穩住身子起身。

「抱歉……」妮妮一臉不好意思。

「不會！不會！」信修趕緊舉起手大動作否認。「呃……妳沒事吧……黃妮妮同學？」

「沒事啦。」聽到自己說不會之後，妮妮似乎開心了點。「那我就先走啦！」

她隨後撐起自己的傘，信步離開車行。

「喔，同學，不錯吼！美女欸！」師傅此時虧了一下信修。「啊，車修好啦，總共五百五。」

「這麼貴?!」

「你光後輪跟龍頭就要整個換新的啦！被撞得這麼嚴重吼，我還是第一次看到！」

「好吧……」

剛才修車的時候都在望著妮妮，連師傅換了哪都沒注意，被敲竹槓也是活該。

信修往自己的口袋摸去，卻發現錢包不見了。原本該放著錢包的口袋，只剩下一張摸起來像是卡片的硬卡紙。信修將它抽出來端詳。

卡片是黑色的，上面印著主體是黃色、但圍著藍色裝飾的字，很有八〇年代的百老匯風格。
而在卡片上面醒目地映入眼簾的，是十一個字：
「**無惡不作俱樂部　向你致敬**」
「幹，怎麼會這樣啦！」
沒錢付修車費，也不能請女友吃飯的信修，此時欲哭無淚。

# 第一章 ⚜ 以為是豔遇？

嘩啦。

森英並沒有想到他的大學生活會是這樣展開的。

在學校最知名的，由小葉欖仁夾道的湖邊步道，匆匆地為了趕課而狂奔。卻沒有想到的是，就在他一路超過密密麻麻的人群的時候，一陣頭重腳輕的無力感就這樣從身體的各處襲來。

這種感覺他非常熟悉。患有先天性地中海型貧血的他，總是必須注意自己的活動量。不能跑太久、不能一直打球、不能搬重物、不能負擔過多勞力的工作。

如果自己一個沒注意，就會變成這樣——

距離上課時間只剩下不到五分鐘，森英全速狂奔著，但沒想到就在森英想要超越在湖邊步道並行的一對情侶時，他的身體突然發出了嚴正的抗議。

一開始是一陣發燒般的暈眩，然後是越來越嚴重的暈眩，彷彿全身所有的體力都瞬間被吸光。眼前的畫面開始天旋地轉，森英開始分不清哪邊是上下左右，更遑論超過面前的人。憑著最後的直覺，森英往某個方向一踩，卻只感覺到一陣下墜——

瞬間一陣巨大的痛楚襲來，森英頭先入水，撞上水面的力道非常大，痛到他幾乎要叫出聲，但嘴巴才剛張開，就隨即喝進一大口味道十分噁心的湖水。隨即身體也跟著進入水中，冰冷的湖水環繞著他。體溫急速下降、氣息慢慢被消耗。眼前的世界開始蒙上黑暗，身體也越來越重。

開學第一天就跌落湖底，已經以最糟的方式成為傳奇了。

但這還不是最糟的。最糟的是，森英已經全身無力，如果大家都只當他是個笑話而沒有來救他的話，他的開學大概就是畢業——人生的畢業。

緩緩地沉入湖底，森英可以感覺到，他的意識正在緩緩遠離他。可能再等一下子，他無法控制自己的身體嚥下最後一口氣的時候，一切就這樣結束了⋯⋯

然而就在他快要昏死過去時，他似乎聽到了一陣落水聲。一雙溫暖的手將他環抱住，將他拉向幾乎已經不可見的陽光⋯⋯

「⋯⋯」

映入眼簾的是一陣純白，刺眼的純白，刺眼得讓森英瞬間又將眼睛闔起來，避免對眼睛造成更多的刺激。

空氣裡夾雜著非常奇特的味道。有像是酒精的味道、消毒藥水刺鼻的味道、各種森英一時也想不起來到底是什麼藥劑的味道。還有一些嗶嗶的聲音，似乎是某種機械的叫聲，以及各種人聲與奔波的腳步聲。各種五感的情報瞬間襲來，一時間讓森英無法思考。

這裡是哪裡？

出於這個疑問，森英再度睜開眼睛。

面前的毫無疑問是個天花板。白色的瓦楞板鑲在白色的骨架中，其中幾塊瓦楞板的周圍有一點點黃色的汙漬。三盞發出強烈白光的日光燈直射著森英，想必那就是剛剛讓森英不得不將自己眼睛暫時閉起來的元凶。

他想要移動自己的身子，卻發覺自己全身使不上力，只能軟綿綿地癱在這床白色的棉被上。棉被與床墊的柔軟觸感，提醒了森英自己是躺在一張床上。因此這裡應該是一間臥房，更準確地說，病房。

為什麼會在這裡？他不是落水了……

「啊啦，你醒啦。」

一個清純卻又宏亮的聲音出現。那聲音聽起來非常輕柔，卻又偏偏具有強烈的穿透力，在這個明顯有很多噪音的地方中穿過了所有的雜音，來到了森英的耳邊，吸引森英將自己的頭轉向聲音的來源。

眼前是一個披著一條毛巾的女子。她擁有姣好的身材與白裡透紅的肌膚，一雙宛若能吸住人視線的大眼鑲嵌在她小巧的臉龐上，及胸的長髮梳著本來看起來應該是公主頭的髮型，但現在髮型被破壞了不說，髮尾還滴著水。她身穿白色襯衫跟短裙，但它們現在看起來像是剛從洗衣機裡拿出來、曬不到一個小時就收下來那樣的溼漉漉，其下的內衣若隱若現……

看到這裡森英趕快用盡自己吃奶的力氣別過頭去。

那是不該看的東西，絕對不該看！

「咦？為什麼要把頭轉過去？」那女子疑惑地問。但隨後卻又想到什麼似的補了一句「啊，裡面是運動內衣啦，不用擔心。」

森英又把頭轉過來。不需要思考也知道，這個女子就是剛才森英落水的時候把他救上來的人。她那令人窒息的驚人美貌每分每秒都在吸住森英的視線，就是忍不住想多看個幾眼……

不對，森英心想。這樣不禮貌，得說點什麼才行。

「……謝謝妳。」但過了很久之後他那空白的腦袋只能擠出這句。

「唉呀，小事小事，哼哼。」女子說。「你叫做森英？」

「咦……啊……嗯……」森英一時語塞。「你怎麼知道？」

「幫你掛號的時候要拿你的學生證就看到名字啦，」她嫣然一笑，而這個笑讓森英感覺時間彷彿停止了那麼一刻。「這裡是學校的醫護中心。」

「那……妳是？」

「咦？」

她似乎猶豫了一下，但最後還是又掛起了她那清純可人的微笑。

「我叫黃妮妮。」

黃妮妮……這個名字聽起來好耳熟啊……

等等，是那個黃妮妮嗎?!

那個在學校中傳聞已久的公認的校花，同時也是開啟學校泳隊三連霸傳奇的游泳校隊隊長，甚至曾經因為美貌跟比賽成績上過新聞的那個黃妮妮嗎？

森英這到底什麼運氣？落水了但被校花救上來，這算是塞翁失馬焉知非福嗎？

「你知道我？」妮妮看森英呆滯的反應補了一句。
「怎麼可能不知道……」森英說。
「啊，那你就知道對誰負責啦。」
「負責……？」
等等，當女生說要對她負責的時候是不是有點不太妙啊？
「我可是冒著感冒的風險跳下水救你喔，」妮妮說。「也沒有備用衣物什麼的，到現在衣服都還沒乾呢……」
「啊啊……」
「頭髮溼答答的，妝也都花了……」妮妮一邊說著還一邊從一旁的包包裡拿出小鏡子。「啊，眼影花掉了，但應該無所謂吧。」
妮妮收起鏡子。
「那……要……要怎麼負責……」
森英的聲音止不住地顫抖。
妮妮卻只是露出她清純可人的微笑。
「哈哈，沒有啦，你又不是故意害我落水的。」她說。「好點了嗎？」
「咦？」
「醫生剛說你貧血要休息一下啊？」妮妮說。「感覺好點了嗎？」
森英並沒有想到妮妮會突然切換成關心他的模式，一時間有點難以反應。隨後而來的是一陣耳根子發燙，耳朵開始出現嗡嗡嗡的聲音，腦袋也感覺像是要沸騰似的。

如果現在有面鏡子，森英應該可以看到自己的臉跟關公一樣紅。

「嗯，身體看起來好了，但腦袋還沒反應過來呢。」

妮妮帶著玩味的表情看著森英，而森英則是始終處於腦袋當機的狀態。

這也不能怪他。誰被一個素不相識的大美女突如其來地關心會不臉紅心跳的啦！

「還是本來腦袋就頓頓的啊？」

「沒……沒有啦！」

「咦？腦袋轉過來了？」妮妮輕輕地歪了一下頭，隨即嶄露她那純真的笑容。「那應該就沒事啦！太好了！」

看著妮妮這樣一下把他玩弄於股掌，但一下又笑得這麼純真，森英已經開始不是很懂黃妮妮到底是個什麼樣的人了。

不過，那應該也不重要。費了妮妮這麼大工夫救起他，無論如何他們應該都不會再有見面的機會了吧，如果換成森英救起像自己這樣的人，肯定會對這個人的第一印象打上個大問號……

妮妮收拾著自己的東西，看似準備離開。

啊豔遇也就到此結束了嗎……

「喔對了，」妮妮要走出病房前突然停下腳步說了句。「剛說到對我負責嘛？」

「咦？」

等等，怎麼又回到這個話題了？

「請我吃個飯吧。下週五晚上有空嗎？」

等等這是邀請嗎？來自校花的邀請……

不是吧？這是？

「有有有有有空！」森英瞬間感覺精氣神都來了。「黃妮妮同學……呃……不知道該怎麼稱呼妳但……時間隨便妳！都可以！」

「哎呀，妮妮就好啦。」妮妮笑了一下。「那我走啦。」

「不對等等，衣服……！」

「有人要借我，而且還要拿來給我啦，不用擔心。」妮妮笑說。「下週五晚上六點，我們再聯絡吧。」

說完之後妮妮便轉身消失在門外。

森英停止了身體動作幾秒，確認妮妮走遠之後開始瘋了似的大喊。

「哇啊啊啊啊啊！」

這一喊把門外剛好經過的護理師給嚇得跳了起來，她趕緊衝進來。

「同學！發生什麼事了！哪邊不舒服?!」

「不不不我很好！我超好的！」

「同學你血壓太高了！請躺回床上！」

最後，森英硬是被兩個護理師要求必須休息到當天傍晚才能出院。

但這並不減損森英的好心情。開學第一天就遇到全校最漂亮的女生，還被她提出邀請要一起去吃飯。雖然飯錢自己要全付，但比起這種機會，這根本是微不足道的代價。說不定到時候跟爸媽要額外的錢的時候還可以吹噓一番——「這可是因為請校花吃飯才會花這麼多錢！」——確實也沒有任何說謊的成分在裡頭。

而一路到了約定的當天，森英要出門前特別選了自己衣櫃裡最好看的衣服，把頭髮稍微整理過之後才出門。就讀化學系的他，系上多是不修邊幅的人，所以他的這個舉動馬上迎來了同學們的議論。

「欸，森英，今天很帥喔！」

「哇，這頭髮抓過吧？這有用髮蠟吧？」

「學弟進實驗室穿這麼帥幹嘛啦！」

重點不是進不進實驗室啊，進了實驗室也沒差，但重點是出來有校花在等他啊！

一整天的課變成了枯燥乏味、度日如年的人生。森英的筆記本始終只有課堂最一開始抄下來的幾行字，剩下的時間他的精神都早已跑到九霄雲外。他還是不敢相信自己竟然會收到這個邀請，那個絕對可以說是校園風雲人物的黃妮妮的邀請——在這裡說出來絕對不會有人信的吧？

所以當他的同學百般追問他為什麼今天特別打扮時，森英始終不說是跟誰約會。

然後一直熬到了一天的最後一堂課，窗外的太陽已經快要沒入遠方的高樓大廈之後時，教授終於宣布下課。

而在大家開始收東西的時候，坐在最靠門邊的同學卻發出一聲驚呼。那同學比著門外，始終欲言又止說不出任何話。大家見狀便圍了過去，而圍過去的每個人也都是同樣的反應。一整群人在驚呼連連之後全部往門邊鑽，探出看著外面的同時似乎又在躲著什麼。

森英似乎料到了發生什麼事，但他還是加入了圍觀的群眾。

果不其然，門外的那個人正是黃妮妮。她一身素面的酒紅色上衣跟白色長裙，明明就不是什麼太特別的衣裝，但穿在她身上卻完全能襯托她的美貌。遠處的夕陽西下，橙黃色的陽光照進走廊，映照出妮妮那輪廓突出的側臉，微微的背光增加了些許朦朧美。

妮妮看見了圍觀群眾中的森英，然後轉向面對他。

「為什麼要跟著圍觀啊森英，你不是跟我有約嗎？」

其他的吃瓜群眾全都傻了。森英在眾目睽睽之下小心翼翼地走出，承受著眾人那帶著好奇、不解、甚至是嫉妒的眼光。

奇怪了，明明是真的有約，而且還是妮妮約的，為什麼現在森英感覺罪惡感滿滿……

「走吧，地方我找好了。」

「啊啊……好……」森英一時語塞。

興奮感變成了緊張感，他行前想的所有東西、所有要說的話、所有的計畫全部瞬間化為泡影。連思考都不能的這個瞬間，他只能跟在妮妮的身後一路走著。

「你想吃什麼？」走出教學館之後妮妮卻突然問了這麼一句。

「啊啊……那個……」森英正要說話，他的思緒卻突然恢復正常。「咦妳不是說地方找好了嗎？」

「喔，因為那裡幾乎什麼都有啊。」妮妮一派輕鬆地說。「我呢，我想吃千層麵……」

「那個……黃妮妮同學？」

「上次就跟你說叫妮妮就好啦。」妮妮沒好氣地說……又或者沒好氣只是森英的幻覺？「好啦，怎麼了？」

「為什麼會想要跟我吃飯啊？」

「嗯？當然是要你補償我救你的損失啊。」妮妮說。「你有更好的辦法嗎？」

「是也沒有……」

「唉呀，你看起來也不排斥啊。」妮妮邊走邊笑著說。「頭髮看起來就是用了很多髮蠟，我站這麼遠都聞得到欸。」

「是用了不少……」

校花的主動邀約最好是會排斥啦！這可是千年一遇的機會，堪比愛情小說甚至是輕小說劇情等級的超展開啊！

森英瞄向妮妮，後者興奮地在大樹夾道的校園中開心地跳著小碎步。

森英是絕對不會排斥的，他只擔心自己麻煩了妮妮而已。

但看起來妮妮也沒有特別不舒服，還顯而易見地非常開心，這樣的話森英也沒有什麼好擔心的吧？

「不對，你還沒回答我你想吃什麼。」妮妮突然話鋒一轉。

「喔啊……牛肉……」

「啊！那你一定要試試看宏……老闆的厚切牛排！」

厚切牛排很吸引人沒錯，但剛剛是不是有什麼東西差點說溜嘴？

「什麼？」森英問。

「牛排啊，你不喜歡嗎？」妮妮無辜地歪頭，好像沒有發生任何事一樣。

「啊，喜歡啊。」

「那就期待一下吧。啊，到了。」

不知不覺之間兩人已經走出校園，過了馬路來到學校對面的巷弄區。這個地方幽靜、車不多、並且有不少很有特色的店。包括了各種文青咖啡廳、酒吧、餐館等等一應俱全，是同學之間聚餐的好地方。

兩個人停下來的地方，是一間看起來像是美式風格的餐酒館。門面整體是木造的，上面用黃色與藍色的霓虹燈寫著店名「16毫米」，門外用小黑板寫著今日特餐。幾面小窗戶透露了裡面的絡繹不絕，門上掛著一個寫著「OPEN」的深棕色小木板，整體感覺非常地有品味。

森英不由自主拿起錢包看了一下。畢竟森英還是個窮學生，雖然今天出門前硬是帶了全部的零用錢、快要兩千塊吧？但看到這個一看就知道很高級的店面，森英還是不免擔心自己接下來幾天要怎麼撐到十月爸媽給新的零用錢。尤其雖然沒有說謊，但說是請校花吃飯花掉的，他們大概也就是一句「騙肖欸」帶過。

妮妮推門進去。森英見狀趕緊收起錢包尾隨其後。

店內的裝潢與外面是一致的。全木造的裝潢、地板是淺棕色的高級木地板，桌面也是木造的，僅有像是桌腳等少數視覺上不那麼明顯的地方，是用烤上黑色漆的鐵做成的。進門右邊的吧檯後方是兩排滿滿的各式酒類，再過去便是鍍上一層金色的碗架。店內放著聽起來像是一九八〇年代的復古搖滾樂，給人輕鬆且和諧的感覺。

妮妮對著吧檯後面，穿著標準酒保服的老闆點了一下頭。老闆便抽出菜單遞給他們。

「請隨便坐，可以先看一下要點什麼喔。」老闆簡單地說，便回去繼續工作。

「你喝酒嗎？」妮妮突然問。

「呃……我酒量很差。」

「好吧。」妮妮說。「那我先去點餐囉。」

因為剛才都已經先說好要吃什麼，妮妮連坐下都沒有便離開了，留下森英一個人在位子上。

妮妮在點完餐之後本來正朝著他們的桌子過來，但隨後卻停了一下，拿出手機看了看，臉色微變，便隨即走入店最後面的一扇門。

接著，老闆也從吧檯出來，急急地走進同一扇門。

什麼狀況啊這個？

森英很想按兵不動，但眼下跟自己約會的對象還有幫自己做晚餐的人都不見了，在這裡也絕對是枯等，不會有任何進展。況且只是看一下應該不會怎樣吧？應該不可能繼輕小說式超展開之後，再來個諜報片或八點檔劇情吧？

森英看沒有人注意這邊，便起身往那扇門過去。

門出奇地重，不知道是因為這扇門真的是金屬做的，還是森英內心那明知道自己在做不該做的事所產生的愧疚感作祟，而導致自己推不太開門。門後是一條走廊，向左轉的末端還有一扇門。

森英躡手躡腳地走了過去，深怕發出任何的聲音。畢竟自己在做的事情就很像諜報片劇情裡，主角潛入某個危險的地下組織之類的事。要是從哪邊跑出一個拿著刀的傢伙，森英也不會太意外——雖然希望是不要。

這扇門看起來是普通的木造門，但奇怪的是背後卻沒有透出任何聲音。一般的木造門隔音應該都不太好，照理說貼在門外可以聽到些微的聲音穿透出來，但現在森英距離門應該不到三十公分，卻連說話聲跟腳步聲都沒有。

他們不是在這裡嗎？

但就在此時，門打開了。老闆的身影出現在門後。

等等，這是老闆嗎？

明明剛剛進店門的時候，身穿酒保服、戴著棕色鏡片眼鏡的老闆說話輕聲細語、看來紳士且和藹可親。但現在開門見到的老闆卻目露凶光，眉頭皺到幾乎連在一起，眼神幾乎要噴出火來，本來扣得好好的襯衫第一顆扣子解開、領帶也被扯掉。

但那是同樣的面容、同樣的服裝跟眼鏡。絕對錯不了，這是同一個人。

森英還來不及反應，身高幾乎高出森英一個頭的老闆便衝上前，一把抓起森英的領口，不知道哪來的龐大力氣直接將森英給舉離地面。森英無法逃開只能正面面對著老闆的臉，而那張臉毫不掩飾地流露出殺氣。

「你小子，來這幹什麼？」

「啊啊啊……」

死了。這說話的語氣，以及話語中所包含的重壓，他絕對下一秒就會把森英生吞活剝。

「不說話是不是？那就打到你說話。」

老闆舉起拳頭就要打下來。就算是就著微弱的黃光，森英依舊可以明顯看到拳頭上的青筋。

「宏麟，好了，放開他。」突然一個清純的聲音傳來。「就這樣吧。森英，進來坐。」

那聲音一出現，老闆便放開了手。森英沒有預料到自己會被放開，直接往地面跌坐了下去。

森英非常驚訝。不只是因為簡單的一句話就讓憤怒的老闆收手，讓他無法置信的還有這個聲音的主人。

毫無疑問，那是妮妮的聲音。

森英被她的聲音吸引進了門後的房間。

這是一個典型的酒吧包廂。有著橙黃色的燈光、黑色的高級沙發。牆上是深紅色的壁紙，還有幾個射燈照著幾幅抽象畫。而在沙發上除了妮妮，還有另一個人。那人看起來很瘦，蒼白的肌膚連在包廂的黃光下看起來都顯得很不健康。他穿著一件皺皺的格紋襯衫，手上戴著露指手套。在他的大腿上放著一台電競筆電，連到桌子上一台看起來要價破萬的曲面螢幕，上面開著一個空白的記事本檔案。

突然，記事本上出現了字。

「這傢伙誰啊？」

「他叫羅森英。」妮妮看了一下便對著那個骨瘦如柴的男孩說道。「森英，這是蔡瑞宏。」

「喔……蔡瑞宏……」
等等，為什麼要介紹他們認識？
「真是的，你小子真麻煩。」老闆——宏麟這麼說。「今天要提早打烊了。」
「也沒關係吧。吃的幫我送進來喔！」妮妮說。
「我還沒做。妳想等嗎？」
「那算了，反正今天也不是我出錢。」妮妮笑著說。
宏麟說著便走了出去，帶上門。門關上之後，來自外面的聲音就消失了。房間內只剩下瑞宏敲鍵盤的聲音，以及森英的呼吸聲。
森英開始搞不懂這是什麼狀況了。
「那個……妮妮？」
森英剛這麼問，螢幕上的記事本就又出現了字。
「你跟妮妮很熟？」
森英看向瑞宏，後者給了一個森英難以理解、但肯定是非常不悅的表情。
「唉呀，是我叫他叫我妮妮的啦。」妮妮說。「反正你們之後就會更認識彼此了啦。」
「更認識彼此？等等，這話什麼意思？」
「等下就知道啦，誰叫你要跟著過來呢，哼哼。」
妮妮的微笑依然清純可人，但森英卻在那微笑中看到了一點跟平常不一樣的頑皮氣息。
森英吞了一口口水。

然後是一聲巨大的響聲，宏麟開門大步走進來。他每一步都重重踩在地上，皮鞋發出超大聲的喀喀聲，像是要把地板剁穿似的。他關上門之後便把襯衫的扣子解到第二顆，扯下領帶，然後大口喘了一口氣。

「他媽的，這東西真是拘束。」

「誰叫你要開酒店。」瑞宏透過記事本說道。

「這叫餐酒館，說了幾百次了你小子懂不懂啊！」宏麟的咆嘯響徹整個房間，嚇得森英從沙發上跳了起來。

或許這才是這包廂要隔音的關係吧……

「好了好了，不要激動啦。」妮妮卻一臉輕鬆，好像這咆哮她已經習以為常。「瑞宏，宏麟，你們都先坐下吧。雖然有點意外，但……九月的共評大會，就現在開始吧。」

「共評大會？」森英問。

「嗯。」妮妮說。「不過在那之前，森英——」

妮妮看著他，然後露出明顯的邪惡微笑。

「既然你看到了，那你就不能拒絕了。」宏麟扳著手指說道。

「活該。」瑞宏的記事本上出現兩個字。

「歡迎加入『無惡不作俱樂部』！」妮妮興奮地說道。

# 第二章 ⚜ 「小偷魔術師」黃妮妮

「那麼，我們就開始共評大會吧。」妮妮喝了一口威士忌說道。

在宏麟明顯地暴力威脅之下，森英不得已只好加入了這個叫做「無惡不作俱樂部」的組織。但令森英不解的是，這到底是個怎樣的組織？取叫「無惡不作俱樂部」這種名字，到底該說做壞事的意圖太明顯，還是取名方式太中二？

然而現場的氣氛似乎容不得森英發言問問題。瑞宏看起來一副不想說話的樣子、宏麟那殺氣騰騰的樣貌，感覺只要一開口就會挨一頓粗飽。森英就這樣在妮妮的壞笑之下，被登錄進了成員正式名單裡面。然後接下來就是那個不知道要做什麼的——

「呃不好意思……」森英最後忍不住了。他怯弱地舉起手發問。

「嗯？」

宏麟跟瑞宏都有反應，瑞宏在記事本上寫了「幹嘛？」，宏麟則看著他折了一下手指，發出喀喀的聲音。但因為其他兩人的反應明顯都不是友善的反應，所以森英選擇專心盯著妮妮。

「『共評大會』是什麼？」

「喔，這個啊。」妮妮說。「因為我們每個月要比賽誰做的壞事最多，最後一名的話就要接受第一名的懲罰遊戲。所以每個月最後一個禮拜五都會開共評大會，讓大家決定誰才是這個月的第一名跟最後一名。」

「喔──」

「哇靠，小姐妳這個月也太多件了吧？」宏麟看著曲面螢幕上的畫面說道。

「哼哼，小姐我偷東西可是信手拈來。你要不要看看你的錢包還在不在你身上？」

宏麟聽見妮妮這麼說趕緊往自己的口袋摸，一臉慌張的樣子。

「幹！不要嚇我！」

森英看著螢幕。

螢幕上看似是一個ＢＢＳ網站。有著一個個條目，黑色的底，白色的字。每一個條目都寫著一些像是委託的句子，像是「請幫我惡整前男友」、「月底錢不夠但急需用錢，請你們幫我偷來」之類的事情，看起來清一色全部都是不法勾當。條目的後面還寫著黃色的「已解決」跟藍色的「處理中」兩種不同的委託狀態。在網站的最上面用八〇年代百老匯風格的黃色霓虹燈字寫著「無惡不作俱樂部」，旁邊有幾條藍色霓虹燈當作裝飾，跟這間餐酒館的風格如出一轍。

「呃，這個畫面是？」森英再次承受著宏麟的殺氣跟瑞宏的冰冷發問。

「我們的委託網。」妮妮又喝了口酒。「大家會來這裡委託我們做一些他們平常不敢做的事情，事成之後給我們報酬。我們也是根據這個來計算當月的績效。」

「哼，原來根本沒偷啊。」宏麟此時終於確認自己的錢包依然安然無恙。「好吧，就開始吧。這個月有個人可以當墊背，感覺好很多啊。」

「哼哼，是啊。」妮妮笑著說。「那就看誰可以懲罰新成員囉。」

等等，「懲罰新成員」是什麼意思？

「等一下，我也要參與嗎？」森英問。

宏麟、妮妮、瑞宏三個人同時用鄙夷的眼光看來。

另外那兩個人的也就算了，妮妮你不要這樣看我啊！會自卑到想要鑽個地洞躲起來的啊！

「當然要啊，小子。」宏麟說。

「剛剛讓你加入我們囉？所以你也要來。」妮妮收起鄙夷的眼光，然後頑皮地笑了一下，露出嘴唇下的虎牙。「不過你毫無疑問是最後一名就是了。」

瑞宏此時切換畫面到其中一個委託。上面寫著「駭掉前男友的臉書帳號」，下面的「接受者」寫的是瑞宏的名字。

「呿，這委託也太弱了吧！又不見血的。」宏麟說道。

「誰像你一樣頭腦簡單四肢發達。」瑞宏的記事本此時跳出來。宏麟幾乎要失去理智，但妮妮只是擺了擺手，宏麟就又坐回位子上。

「我給一分。」妮妮說。「感覺有點無趣。最近只要情侶吵架都來要我們駭各種社群軟體，結果都是瑞宏全拿去做……」

「一分。」宏麟說。「小子你呢？」

宏麟此時看向了森英。

「咦？」

「現在要幫每個委託打分數。」妮妮說。「滿分五分，最低可以給一分。每個人給的分數平均之後就是這個委託所得到的點數。最後點數會加總起來，決定共評大會的名次。」

「呃……三分？」

「你小子別送分啊！給我好好評分啊！」

「可是我……我真的覺得很厲害……」森英被吼得跳了起來。他最後只能怯生生地說出這句話，明顯地感覺自己今天結束後絕對要去收個驚。

「好啦好啦，就這樣啦沒關係。」妮妮說。「去掉小數點後第二位之後是一・六六分。瑞宏，下一個吧。」

然後是「急需用錢」，接受人是妮妮。宏麟跟瑞宏毫不意外給了一分，而輪到森英給分時，妮妮卻突然衝著他笑了一下，直接讓他的心臟少跳了好幾下。

「五分！」在森英意會過來之前，這兩個字已經脫口而出。妮妮開心地吐了一下舌頭，而其他兩人則是一臉非常不悅的樣子。

「妮妮犯規。不准色誘。」瑞宏在記事本上打道。

「幹，你小子再給我亂給分，等下就揍死你！」宏麟則是直接威脅了。

「我只是笑一下而已，哪裡有色誘啦。」妮妮說。「好啦，所以二・三三分，下一個。」

就這樣，他們一路對每一個委託打分數。什麼「偷走學霸的鉛筆盒讓他不能考試」（不是啊他可以臨時跟旁邊的人借啊？）、「請讓教授在大家面前吃土！真的圖書館前草坪挖出來的土！」（感覺到滿滿的恨意……是成績被雷還是選錯指導教授？）、「肚子餓了想吃A5和牛，預算兩百」（什麼鬼？這裡是什麼外送平台嗎？兩百連夜市骰子牛都買不起好嗎？）、「交往了三個月男友都不色色，請幫我讓他色色一下」（你們情侶自己去解決啊？為什麼會要讓外人來幫忙啦？）、「希望可以讓喜歡的學長對我告白！」（想像不到這要怎麼完成……而且居然是宏麟接的委託？）之類的，各種奇妙的委託，只能說委託人的創意真的是無限的。而在終於算完大概近五十個委託之後，成績出來了。

「果然是第一名！」妮妮興奮地說道。

「唉呀，第三。」宏麟說。「還好有個人墊背。」

宏麟看向森英。雖然森英從宏麟的語氣中認為，宏麟應該有一點感謝之意在裡頭，但在他銳利的眼神之下森英卻只感到不寒而慄。

「好啦，所以——懲罰遊戲時間！」妮妮毫不掩飾自己的興奮。「讓我想想——」

不過，也還好這次是妮妮拿下第一名。如果是其他兩個看來就一副來者不善的人，那個懲罰遊戲不知道會有多慘。妮妮來制定懲罰的話，應該會相對好一點——

森英看向妮妮。

但妮妮面對著森英的微笑卻透露明顯的狡猾，好像要將森英吃乾抹淨似的。

會相對……好一點……嗎……？

「黃妮妮！我喜歡妳！」

結果，並沒有。糟透了，簡直是糟透了。

在人來人往的學生餐廳、舉著大字報對校花當眾告白，看起來還是個普通大一生……怎麼看都會被當做不識相的熱烈追求者，還會被貼上「癩蛤蟆想吃天鵝肉」的標籤吧？

森英看見了無數的同學帶著鄙夷的眼光走過，看著無論高矮胖瘦美醜的不同種人全都對他表現出幾乎相同的訕笑。自己系上那幾個會一起吃飯的哥們甚至還來拍他的肩膀，告訴他：「很敢喔，森英！等你的好消息啊！」

……如果不是拒絕了會被俱樂部其他人趕盡殺絕，我也不想好嗎？

再加上前面被妮妮救、跟妮妮出去吃飯的事情……光是想就可以知道自己在大家的茶餘飯後閒聊中會是怎樣的存在了。「跟校花有一面之緣的可悲暈船仔」。

大概吧。

還有多久啊？妮妮規定的二十分鐘，怎麼才過去三分鐘啊?!

森英已經想就地打洞鑽進地下躲起來了。

「喔，小子不錯嘛。出名囉？」

結果連中午不開店的宏麟也來湊熱鬧。宏麟又恢復成一開始在店裡看到的那種溫和的樣子，語氣非常平穩、聲音竟然也有了磁性。如果不是他用「小子」來稱呼森英，森英絕對沒辦法把兩個不同狀態的宏麟聯想在一起。

「瑞宏那小子要我開直播給他看，我就來了。」宏麟語畢拿出他的手機，鏡頭對準森英。

「呃……」

「繼續啊，小子，還有十五分鐘。」

這絕對是森英人生最恥辱的二十分鐘。跟著宏麟而來的是更多在各個角落拿鏡頭對著森英的人，森英不知道他們是在錄影還是在直播，但無論哪個都不會是什麼好事。

最後終於在大概喊了幾千次喜歡黃妮妮之後，這個煉獄終於結束了。森英當下馬上把大字報揉爛丟進垃圾桶，然後衝出學生餐廳。

「咦？這不是森英嗎？已經結束啦？」

但在學生餐廳外等著的卻好巧不巧正是妮妮。

森英很想無視她，但眾目睽睽之下，自己剛才又做了公開告白這種事，後面的眾人早就已經開始起鬨了。各種「牽手！」、「親下去！」什麼的歡呼聲此起彼落。

是啦妮妮真的漂亮到自帶濾鏡……但現在森英對她的好感度已經降到冰點。

妮妮也不理會森英後面的人群，也無視森英的不悅，逕自走上來，在森英面前小小聲地說：

「你跟我來，我有事情跟你說。」

「那個懲罰遊戲真的不要再來一次了。真的。」

下午一點鐘。

妮妮在學校附近找了間咖啡廳，並幫森英點了杯特調。森英完全不想掩飾自己的憤怒與羞辱感，擺出可以說是人生最臭的臭臉給妮妮看。

但妮妮卻只是喝了口拿鐵，舔去紅潤嘴唇上的白色奶泡。

「我是在保護你呦？」妮妮不在意地說道。「我們平常可是玩得更兇，宏麟可是有被我要求穿女僕裝開店一整天的紀錄喔？瑞宏也曾經要求我服侍他一整天，還要用很嗲的聲音叫他『主人』呢……又沒有付錢為什麼我要當女僕啊，真是。」

是森英的錯覺還是俱樂部的大家對女僕情有獨鍾？

「還生氣嗎？」

「誠實說還是有點不爽。」

「喔，好吧。」妮妮向後靠在椅背上。「那要怎麼彌補你？我也對你公開告白嗎？」

森英差點把特調咖啡噴出來。

「蛤?!」

「跟你開玩笑的。」妮妮笑了一下。「但根據會規，你只要下個月績效第一名，也可以要求下個月的最後一名做任何過分的事情呦？所以就努力吧。如果十月正好是我最後，你就可以報一箭之仇啦。」

「任何事都可以嗎？」

「不會出人命的都可以。」妮妮說。

「那……」

「美夢等你真的拿了第一再說啦。」妮妮說。「關於這個，我有個委託要給你。」

「等等，給我嗎？」

「嗯，你可要珍惜喔。」妮妮說。「委託網的使用是先來後到制。也就是說，當一個委託出現時，所有俱樂部的成員都可以搶這個委託，搶到的人就有優先執行的權利。」

也就是說，妮妮這個要把委託拱手讓給森英的行為，其實非常地違反這個原則。

但妮妮卻對這件事表現得一臉不在意。

「可是我什麼都不會啊？」

「跟著我就好啦。」妮妮說。「雖然是我搶到的委託，但我把接受人的名字改成你了。這樣雖然不能保證你下個月不會墊底，但起碼不是零分。」

「我……」

可惡。才剛降到冰點的好感怎麼又升回來了。

搭配妮妮那種輕鬆中無意間展露自己高顏值的小舉動，森英又覺得自己沒那麼討厭妮妮了。

「……謝謝。」

「這禮拜六在電子器材街見面，有空嗎？」

「有，有空！」

這次和「跟校花約會」什麼的沒關係，單純只是因為自己不能再墊底一次。

「那就說好啦！太好了！」

妮妮臉上又露出那種純真的笑容。而森英看得入迷之餘，卻也為那甜美笑容之下藏著的小惡魔感到心驚膽戰。

到了週六，森英早早就出門了。

提早到了電子器材街，森英開始漫無目的地閒晃。同時看著那個自己的第一個委託。

「採買電子器材，預算有限，但需要超出預算的東西。」

為什麼不提高預算或者是用比較差的東西就好了啊？

森英走著走著看到了一家賣關東煮的小攤販。不知道為什麼明明有吃午餐，但看到那些躺在攤位前方的各種食材，他的肚子還是不爭氣地叫了。他於是走上前，看著菜單開始跟老闆點餐。

「欸，我看看，蘿蔔、甜不辣三片、黑輪、花枝丸……」

「……還要高麗菜捲、百頁豆腐、竹輪兩支跟杏鮑菇。」一個清純的聲音卻突然從森英背後響起。

「哇啊！」

森英回過頭去看見盛裝打扮、還似乎化了點妝的妮妮。

「好喔！馬上來！」老闆聽完之後便開始備餐，絲毫沒有思考為什麼是由兩個人講出來的。

等等，那有一半不是我點的餐啊老闆！

「唉呦，會付錢給你啦，不用擔心。」妮妮卻只是微微笑了一下。「還是我可以不用付？你要請我嗎？」

妮妮歪了一下頭裝無辜，臉上的紅潤加深了這種無辜感，直讓森英的耳根子發燙。

「……拜託妳付，我沒有錢。」但森英最後忍住了他的一頭熱。

「哼哼，好啦。」

拿到食物之後兩個人找了地方坐了下來。因為老闆以為是同一份，因此碗只有給一個。兩個人就著一個碗在長椅上一起吃東西，有種臉紅心跳的約會的感覺，特別對方還是校花……嗯，如果森英沒有見到妮妮的真面目的話，或許真的會這麼想。
「那個……所以今天我要做什麼？」
「買東西、提東西，大概這樣吧。」妮妮說。「你沒有跟女生逛過街嗎？」
「沒有，而且……今天也不是來逛街的對吧？」
「確實是呢，哼哼。」妮妮笑著說。
「那……具體來說要怎麼進行？」
「什麼？」
「對方說只能給三千塊，但清單上的東西價格是三倍多。」森英說。「代表我們要倒貼錢嗎？」
「怎麼可能，倒貼錢我們還叫做『無惡不作俱樂部』嗎？」妮妮輕輕地笑了一下。「用我的本事，一毛錢都不用花啦！」
「等等，真的假的？」
「你就看著我吧。」
妮妮說完之後便起身大步向前，森英沒辦法只好隨後跟上。
走進電子器材街附近的小巷之後，妮妮稍微拉開了跟森英的距離。走著走著她突然往前面一個穿著皮革外套的年輕人搭訕。森英走在後面一個可以聽到他們對話的距離，靜靜地觀察。
「……那個，這家店要怎麼走呢？我第一次來這邊不是很清楚……」
「啊，小姐，我跟妳說，這邊走到底之後左轉……」

聽起來是很平常的問路對話。但森英細細地看著妮妮的一舉一動，懷抱著緊張的心情觀察。

然後突然間，妮妮出手了。

因為問路的時候妮妮是身體正面面對著被問路的人的左邊側面，她伸出來的右手剛好會在對方視線的死角。妮妮以眼睛難以捕捉的高速摸進對方的外套口袋，拿出了一個皮夾塞進自己的口袋。而做這些動作的同時，妮妮的雙眼正跟著那人指的方向看去，跟她的手完全是相反方向。

這根本是職業小偷的等級了吧？

森英目瞪口呆地目送那人離開。等到他走遠了之後，妮妮才拿出錢包打開。

「五千塊。」妮妮說。「附贈一張悠遊卡。」

「這、這、這到底是……什麼恐怖的速度……」

「你怕了嗎？哼哼。」

「喂，這樣真的沒問題嗎？隨便偷別人的東西，這可是犯罪啊！」

「不要被抓到就好啦。」妮妮頑皮地笑著說。「再說啊，我們可是專門接見不得人的委託，適當地投機取巧也是很重要的呦。」

「不，但……」

「你要是敢告發我，我就在你去警察局之前，把你的證件連同錢包一起偷過來。還可以賺一筆零用錢呢。」

「……拜託不要偷我的，偷我的對妳沒好處。」

「我如果想吃那邊的冰淇淋可能就會偷了呦？所以你最好確定錢包真的在你身上喔？」

妮妮拿完有用的東西之後就將皮夾給放在某個角落，不去管它。

「好了，去買東西吧。」妮妮隨後邁開步伐。

「等等我們錢還不夠吧？」森英感到疑惑。

預算三千塊，卻要將近一萬塊的器材。再怎麼想只多個五千塊絕對不夠吧？妮妮妳是數學太爛嗎？

「唉呦，這樣就夠了啦。」妮妮說。「等下聽我的pass，然後幫我吸引注意力。」

「蛤？什麼吸引注意力？」

「弄點聲響啊、把東西撞掉啊、跌倒啊之類的。」

「蛤？」

「到了。」

妮妮邁步走進一間器材店。店內燈光明亮，幾乎跟人一樣高的藍色架子上琳琅滿目地擺著各種零件，從一些基本的開關、電池盒、電阻，到更複雜的各式儀器都有。一旁的貨架上掛著不同種類的電工工具，從基本款的烙鐵跟螺絲起子到電表等等，一應俱全。

「是個很適合做手腳的地方……」但妮妮的呢喃卻完全破壞氣氛。「森英，過去那邊。」

妮妮指了一個掛了很多工具的地方。森英站了過去，假裝正在研究架上的六角扳手跟螺絲起子組，眼角餘光望向妮妮。妮妮在貨架中穿梭，看似在挑東西。

但看過剛才妮妮的身手的森英知道，妮妮絕對會在某個時機點出手。

果不其然，妮妮看向森英這邊，點了一下頭。

森英緊張地環顧四周。

轉移注意力……製造聲音……不行我什麼都不會啊！

慌慌張張的狀況之下森英完全無法思考，一轉身便不小心把貨架上的一組螺絲起子組給直接碰下來。東西掉到地上的巨大聲響吸引了店員、以及店內所有人的注意力。

「抱歉！」森英的第一直覺是道歉。他想要閃躲，但一個不注意又把旁邊的充電鋰電池給撞掉了好幾個。

「啊啊……真的很抱歉！」

「不會不會，我來幫忙……」店員跑了過來。

完了整個笨手笨腳的……但這算是有吸引到注意力嗎？

森英望向妮妮，後者給了他一個大拇指比讚的手勢，然後繼續挑東西。

然後過不久，妮妮又給了他一次暗號。

還要?!

好吧，硬著頭皮幹吧……

森英拿起了一個超級重的工具箱，然後假裝一個不小心將它掉下去。

正當森英以為這件事很簡單的時候，工具箱卻不偏不倚地，砸到了他的右腳小拇指。

「喔幹！」

森英的吶喊完全沒有掩飾、沒有為了吸引注意力而演戲的成分。他是真心的痛徹心扉、宛若電流直接從那個點衝進身體的痛。

大家果然轉過頭來。而森英只能一邊說著「不好意思」，一邊忍著痛把工具箱撿起來。
過了一陣子，妮妮拿著籃子走了過來。她依照清單將一把烙鐵、幾組ＬＥＤ燈具跟三組扳手給放進籃子，然後拉著森英去結帳。
「總共是兩千一百三十七元，收據要嗎？」
「不用，謝謝——！」
兩人步出店外之後，妮妮找了個地方坐下來。
「這樣買完一半了……嗎？」
「一半？全部都買完啦。」
「蛤？什麼時候？」
「要你幫我吸引注意力的時候囉。」妮妮拉開外套，露出自己已經被塞得滿滿的外套內袋。
等等，這是怎麼回事？門口明明就有感應門，是怎麼順這麼多東西出來的啦？
「用這個。」妮妮看著森英那絕對是混雜驚訝與不解的臉，拿出一把小刀。「在你吸引注意力的時候，我把器材外包裝上的磁條貼紙給直接挑掉，像這樣。」
妮妮拿起袋子裡的烙鐵，把小刀插進厚紙板外包裝中畫著磁條的位置，輕輕一轉手腕，沿著磁條的輪廓畫出一個圓，然後再輕輕一挑。不到半秒的時間，磁條就這樣被分離。
森英看著這一串流暢的動作，不免懷疑妮妮到底做這種事情多久了……
怎麼會這麼熟練啦！
「一般的塑膠小包裝就直接拆封，然後把垃圾給分散塞在貨架上。反正那個位置監視器拍不到，貨架又是凹進去的，等到被發覺我們早就溜掉了。」妮妮說這些的時候語氣非常地雲淡風輕，好像在講今天的天氣似的輕鬆。「最後就是藏不進外套的就直接買，反正進去店裡什麼都沒買就出來很可疑不是嗎？」

「等等，我吸引注意力的時間不到兩分鐘吧?!妳可以偷這麼多？」

「哼哼，知道我的厲害了吧。」

這到底是……什麼恐怖的實力啦……

「好啦，任務完成。委託人也要跟我們面交了，走吧。」

明顯不覺得自己這一切操作有什麼了不起的妮妮將外套裡的東西裝進袋子，收拾好之後起身，帶著森英往附近的捷運站走去。

當天半夜，校園內某處。

一個男人在校園中匆匆走著。男人有著頭亂糟糟的頭髮，穿著格紋襯衫跟黑色長褲，踏著運動鞋，還戴著一雙黑框眼鏡。如果不說的話，看起來非常像在實驗室趕論文到半夜的可憐碩士生，在已經放學許久、杳無人煙的校園之中，儼然是個不太突出的存在。

但他的神情卻十分緊張。

森英可以遠遠地看見那人眼鏡底下充斥的緊張感。他四處張望著，手上的一小包肯定是裝著預算的信封被死死握著，握到已經皺得幾乎很難看出原本的模樣。

想必他應該就是這項委託的委託人吧？

說是「面交」，但因為俱樂部成員正常來說是不能露面的，因此接下來，坐在森英腳踏車後座的妮妮會透過委託網給委託人指示，讓他能夠到指定的地點拿取已經準備好的器材，並且將尾款交給他們。

妮妮看著那人，然後一邊在螢幕上打字，一邊小小聲地念著：

「到一號教學館門口旁邊，左邊數過來第二台販賣機，投某知名品牌的無糖綠茶三次。將第三瓶綠茶喝光之後，取出放在裡面的卡片。」

訊息剛發出去，對方就匆匆起跑。

「我們走吧。」妮妮說。

森英啟動腳踏車，繞另一條路往販賣機的方向過去。

但令森英想不透的是，俱樂部成員到底是怎麼把卡片放進未開封的飲料的？然後又是怎麼把這罐飲料給放進販賣機的？這個「俱樂部」到底是怎麼一回事？

過了幾分鐘，兩人抵達了販賣機附近，一處剛好可以藏身的樹蔭。委託人剛剛拿出瓶裝的綠茶，然後他就著販賣機的微弱燈光，用力地仰頭一灌。嘗試了兩到三次之後，他終於將一整瓶寶特瓶裝的綠茶給喝完，然後拿出一張黑色的、在黑暗中看不出來是什麼的卡片，而那想必就是下一步的指示。

「到計算機中心的失物招領處，領取一支黑色的蘋果旗艦機，打開看手機桌面的指示。」妮妮補充道。

「所以接下來要去計中嗎？」

「不需要喔。」妮妮說。「我們要去學生餐廳外，把這堆東西放到指定的地方。」

森英隨後啟程。

到達學生餐廳之後，妮妮隨即往大門的方向走去。夜已經非常深，學生餐廳的紅色大門緊閉，森英不禁開始好奇，到底要把這一包幾乎有兩顆籃球大的器材放在哪，尤其按照俱樂部的作風，絕對不會只是放在門口就溜這麼簡單。

妮妮看了一下挑高的門梁，從她的包包裡拿出一支自拍棒。

然後她將自拍棒的前端接上一個長約二十公分的金屬棒，棒子的中間掛了一個大鉤子，鉤子的尖端看起來非常銳利。妮妮將自拍棒拉到最長，然後又繼續拉，繼續拉……

等等等為什麼這支自拍棒都拉到快兩公尺了，還可以繼續拉長啦？

妮妮將自拍棒拉到能夠構到門梁的長度，然後將上面的金屬棒給頂到門梁上。她轉了轉自拍棒，然後按了一下那個本來應該要是讓手機拍照的快門按鈕，自拍棒便自動收回一開始的長度，而那根金屬棒就這樣牢牢吸在門梁上，鉤子朝下。

等等，這什麼鬼？

妮妮解鎖手機，然後打開某個應用程式，將手機對準鉤子的地方按了一下。鉤子像是接收到訊號似的啟動，開始緩緩往下到森英可以碰到的高度後才停下。

「好了，森英，把東西掛上去。」

「喔，喔喔……」

森英還沒反應過來發生了什麼事，就在妮妮的催促之下將器材掛了上去。妮妮在確認東西掛好之後用手機遙控讓鉤子升起，然後便拉著森英往一旁也大門深鎖的圖書館走去。
「那到底是什麼東西?!」
「瑞宏設計的，酷吧。」妮妮說。「好了，他來了，我們躲到旁邊去。」
妮妮拉著森英躲進圖書館門口的柱子後面。在委託人走到學生餐廳門口的那一刻，妮妮按了一下手機，吊在上面的器材就這樣降了下來，而委託人看見那袋東西之後匆忙四下張望的樣子，說明他絕對被嚇得不輕。
那人將器材拿起，急急忙忙將裝有酬勞的信封給插在尖銳的鉤子上之後，便拔腿逃走。
等到他跑到不見人影之後，妮妮才從柱子後走回學生餐廳的大門。
「真是的，也不看看有沒有把鈔票插破。」妮妮拿起那個被穿了一個洞的信封說。「破了的話是要怎麼用啦……還要吃損毀國幣官司，麻煩死了。」
「不是也沒差嗎？反正我們有淨賺了不是嗎？」
然後是一陣靜默。妮妮只是數著手上的鈔票，放進她的皮夾裡。
「森英。」收好錢後妮妮很認真地叫了森英的名字，讓森英心裡震了一下。
「……是？」
「你得學會怎麼做壞事，不然下個月的共評大會，你絕對、絕對會更慘。」妮妮說，非常強調「絕對」兩個字。「你也看到了，另外兩個人對你沒什麼好感，讓他們來決定你的懲罰遊戲的話，你不會有什麼好下場的。就算是我，我也不會再對你放水一次。」
「……嗯。」

妮妮嚴肅而認真的神情充滿著不容質疑的威壓。本來清純可人的樣貌在收起笑容之後，成了一股冰山美人的氣勢。而且很明顯的，妮妮不接受任何回嘴。

這就是身為校隊隊長的妮妮的氣勢嗎？

「好了，不嚴肅了。」妮妮卻隨後放鬆下來，又露出她的微笑。「我先回去睡覺啦，你就想辦法搶委託吧，加油囉！」

她擺擺手離開，留下森英一個人獨自思考。

幾天下來，俱樂部的其他成員都沒有再跟森英取得聯繫。森英不時會上線到委託網看看有沒有新的委託可以接，但出現的委託清一色都是些很明顯自己做不到的事情。「保護委託人」、「偽造假單」等等的。沒了妮妮的施捨之後，森英感覺自己什麼都做不到。

各種心煩意亂之下，森英決定暫且把這件事丟到一旁。

雖然真的丟到一旁的話，大概十月共評大會自己又要被羞恥 play 一次，但放著幾天應該是可以容忍的吧？

今晚是森英的家聚。幾天前森英的直屬學長黃信修傳訊息給他，告訴他他們的家聚會約在今天晚上，而且在一個森英再熟悉不過的地方。

森英看著那間美式風格的餐酒館，上面的招牌醒目地寫著「16毫米」。

光是站在這裡，森英就已經背脊發涼、冷汗直流。

說什麼放個幾天，結果還是回來了……這到底什麼展開啦！

等下宏麟會用什麼樣的態度面對他呢……希望不要是太恐怖的狀態啊……對所有人好聲好氣但就唯獨森英被叫做「你小子」，這絕對會引起大家注意的吧？

「羅……」突然一個細細的聲音在他背後響起。「羅森英……是你嗎？」

森英回過頭去。

第一眼森英並沒有發覺聲音的來源在哪，直到他稍微低下頭才看到那嬌小的女生。她看起來非常矮，粗估不會超過一百五十五公分，臉上所透露的稚氣給人一種高中生的感覺。她留著一頭染成棕色的短髮，身上穿著白襯衫跟百褶裙，下面還套著一雙膝上襪。這時候如果在胸口繡上學號，說這是高中制服也不會有人懷疑。

等等，這是他學姐？這確定不是高中生嗎？

不過這所學校好像也有少數跳級生，要是他學姐真的是個天才，大概也可以合理解釋。

「咦？」學姐手上拿著手機。她看看手機螢幕，又看看森英，又看了一次手機。

「嗯？」森英對這個行為感到疑惑。

「咦？我認錯了嗎？好不像喔。」學姐說道。森英猜測手機螢幕上大概是自己的照片之類的吧。

「沒有，我就是羅森英。」

「咦？」她用一種疑惑的眼神看過來。然後又看看自己手機上的照片，抓了抓頭。

「唉呦，子薇學姐，看起來沒錯啊。」突然一個男生靠了過來。他穿著系服跟長褲，頭髮是簡單的三分頭。「羅森英，嗯，我是黃信修。前幾天我們有約吧？」

「咦真的嗎？真的很像嗎？好吧……」學姐終於放下了她的手機。「我，我叫葉子薇……是你的……大三直屬。」

「唉，果然不能讓子薇認人啊，根本就認不出來的。」另一個瘦瘦高高帶著眼鏡的男生說道。「我叫做蘇成禮，你的大四直屬。」

「人家最後有認出來啦！」

「學姐要去配眼鏡了啦，這麼像都認不出來哈哈哈。」信修學長說道。

「吼呦為什麼連學弟都這樣說啦！」

子薇生氣的時候還甚至往地上剁了一下腳，就好像一個討不到糖吃的小孩子在耍賴一樣。搭配子薇那稚嫩可愛的外表，一次一次地暴擊著森英的心臟。

這就是傳說中的合法蘿莉嗎？

等等，合不合法還要看年紀。學姐說不定根本是跳級生呢。

「啊對，學弟，跟你說一下。」蘇成禮說道。「我跟信修都懷疑過子薇是不是高中跳級生，但最後我們相處了幾分鐘就知道，這麼呆絕對不可能跳什麼級的，哈哈哈……」

「學長連你也這樣！」

年紀是合法的！通過！

「嗚嗚嗚……」子薇鼓著臉頰，那種可愛的感覺讓人忍不住想要多疼她一下。

「好啦，我們進去吧。」

在成禮的帶領下，眾人邁步進入店內。一開門，森英的視線就忍不住往吧檯飄去。穿著酒保服的宏麟正在那裡搖晃著雪克杯，那專業的架式跟優雅靈活的動作，完全不會聯想到他私底下居然是個暴躁且隨時想揍人的人。

「您好，有訂位嗎？」宏麟看見一行人之後湊上前。

「啊，有……」

接著宏麟看見了森英。兩人四目相接的那一剎那他突然目露凶光，把森英嚇得差點倒抽一口氣。但接下來他就又恢復那待客時和藹的樣子，繼續跟信修確認訂位，並帶他們到位子上。

那想必是宏麟的「你給我小心說話」的警告。

到了位子上，幾人入座之後開始聊天。一開始是慣例的身家調查，問問森英哪邊畢業的啊、哪裡人啊、這學期幾學分啊，諸如此類的生活小事。森英很高興自己的學長姐們都還算和藹可親，至少不會到太難相處。

「唉呀，抱歉抱歉……」

聊到一半，一個聲音突然出現。那聲音聽起來像是有四、五十歲，沙啞的聲線中帶有足夠的中氣，細細的，但完全不會在嘈雜的環境中被淹沒。

森英回過頭去。

眼前的是一個看起來散發書卷氣息的中年男人。他留著中間禿的髮型，鼻梁上架著金屬細框眼鏡。身上是簡單的襯衫跟西裝褲，還拿著一個素色小提袋。整體看起來相當簡潔，也襯托出這個男人優雅的氣質，一看就知道讀過很多書。

「教授！」信修說道。「請坐請坐！」

「來晚了，抱歉，信修……」被叫做教授的人匆忙入座。「唉呀，雖然跟大家幾乎每天見面，但還是很少一起吃飯呢……那，這位是？」

教授將眼光投向正對面的森英。

「教授，這是羅森英，我們的大一學弟。」信修介紹道。「森英，這是系上的教授陳宗智老師，好像是我們三十幾年前的直屬大學長。」

「具體來說是三十幾啊？」森英問。

「三十……三十七……三十八……」陳教授很努力地在回想。「不知道，人老了什麼都忘了，呵呵。」

「也因為教授是我們直屬的關係，我們幾乎全部人都在教授的實驗室工作。」信修說。

「喔——」

「唉呀，那，森英有打算繼承這個傳統嗎？」陳教授笑瞇瞇地說。他的眼睛瞇成一線時眼角會出現非常明顯的魚尾紋。

「咦，教授我還不行吧……」

「哈哈哈，沒關係，等你考慮。」陳教授說。「這是間好店啊，信修。怎麼會選在這裡的？我記得……，咦，子薇不是挺不能喝的嗎？」

「唉呀，喝醉了就把她丟在這付帳就好啦。」成禮開玩笑地說。

「喂學長！」

「這樣可不行喔，成禮。對喜歡的女生要讀詩，記得嗎？」

「唉呀早讀過不知道幾遍了，都沒有用啦。」

眾人哈哈大笑，然後信修拿出了一張卡片。

卡片是黑色的，大約是名片的大小。上面用醒目的黃色寫著「**無惡不作俱樂部　向你致敬**」，周圍還有藍色的線條作為裝飾。

等等。

「**無惡不作俱樂部　向你致敬**」

再加上他們現在就身處作為大本營的「16毫米」，這完全就是羊入虎口的狀況啊！

森英可以感覺到一滴汗水從他的臉上滑落，滴到衣服上，甚至可以聽見汗滴落下發出的啪噠聲響。心跳的震動不絕於耳，越來越大聲、越來越快、越來越無法忽視。

就算森英不暴露自己是俱樂部成員，萬一在旁邊的宏麟注意到了這個呢？他會有什麼反應？

森英向吧檯瞄去，宏麟沒在注意這邊。

不，宏麟不會有什麼反應的。要不暴露這裡就是「無惡不作俱樂部」活動基地的最好辦法，就是大家都不動聲色地瞞天過海。

而宏麟明顯地表現出威脅。

所以剩下的，就只能靠森英自己努力了。

「這是什麼？」成禮問。

「就那個都市傳說啊，」信修說。「要是有什麼見不得人的事情，都可以向他們委託尋求協助。幹，結果遇到這個居然是錢包被偷，到底是誰要我的錢包啦！」

「怎麼聽起來很酷啊？」子薇說。

「學姐，那是妳錢包還在妳身上。」

「那跟訂這邊的關聯是什麼？」陳教授問。

「卡片的風格跟這家店的招牌很像，就只是剛好靈機一動吧。」信修說道。「也沒什麼特別的。」

「錢包被偷之前有遇到什麼人或什麼事嗎？」

「上了幾堂課、有把錢包拿出來刷卡什麼的……」信修回想著。「啊，還有跟黃妮妮一起牽車去修理。」

「等等，是那個黃妮妮?!」

森英、子薇、成禮三個人同時說出了這句話。

但不同於子薇跟成禮的驚訝，森英更多的是害怕。

慘了，妮妮這樣不就……

「是啊，我那天車被撞到連牽都牽不動，她路過剛好看到就幫我搬過去。」信修說。「然後要付修車費的時候就發現錢包不見、口袋裡剩下這個。」

「有可能是她嗎……？」成禮疑惑地思考著，而森英此時盯著他，巴望著他永遠都不要思考出那個最糟的結論。

「我認為不太可能。」但陳教授卻說話了。「聽信修的敘述，黃妮妮幫他搬了腳踏車。有這樣的宅心仁厚，應該不太可能會做這種事情。」

咦？什麼？就這樣解圍了？

「雖然我還是有點懷疑，但說到黃妮妮還有個有趣的八卦，對吧，學弟——」成禮不懷好意地看了過來，而森英馬上感覺大禍臨頭。

不管是被審問公開告白的事情，還是被追問無惡不作俱樂部的事情，不管哪個都糟透了。

「哇，公開告白欸，順利嗎？進度怎麼樣？」

「呃……」

「蛤？什麼跟什麼？」搞不清楚狀況的子薇呆呆地回應。

別，子薇學姐，妳呆萌的樣子比較可愛，拜託永遠別搞清楚狀況。

「森英才剛跟黃妮妮公開告白呢。」信修說。

「哇，年輕人果然就是敢衝。」陳教授此時補了一刀。

這時候該怎麼辦？如果承認了，後續說不定就會被追問知不知道妮妮跟這張卡片的關係。但如果否認了，要是之後遇到妮妮，她只要一打招呼，今天所說的所有的話有可能會全部泡湯。

怎麼辦？

「沒有！什麼都沒有！」森英趕忙否認。

「啊，所以是被拒絕了嗎？」

「嗯對……被發了好友卡，這樣。」

「可以跟校花當朋友也不錯啦。」成禮說。「雖然應該當不了多久就是。她的追求者大概從校門排到我們系館都排不完吧？」

「還是追看看啦，校花欸。」信修說道。

「森英，對喜歡的女生你可以營造一個浪漫的情境，然後……」

「教授，我就說你的讀詩流一點用都沒有了嘛。」

眾人哄堂大笑，而黃妮妮的話題也就此結束。

# 第三章 ⚜ 「黑帽駭客」蔡瑞宏

「啊啊啊啊啊……」

十月已經過了一半。

然而此時此刻的森英，手上已完成的委託數量，是一件。

沒錯，還是妮妮施捨給他的那一件。

「完了，不想再被羞辱一次就只能搶委託……可是怎樣都搶不到啊！」

過去的幾天，森英一有空就發了瘋似的刷委託網。每當看到新委託出現時，他都會想盡辦法去搶，但俱樂部的其他三個成員卻每次都搶得更快。森英已經不是很知道這到底是在接委託，還是在搶某知名喜劇演員的專場門票。

最糟糕的是，門票至少會公布啟售時間，但委託什麼時候會跑出來森英根本不知道，而且搶下這個委託之後，還要面臨自己做不做得到的問題。

正在學生餐廳吃午飯的森英又不由自主拿起手機，打開委託網。

突然間就在他重新整理網頁的時候，一個新的委託跳了出來。

「月底急需用錢，一千元以上佳。」

既然會知道月底會吃土，為什麼不月初少花一點啦？

但這代表森英需要想辦法生出一筆錢，而且身為窮學生，因此同樣也快要吃土的他，絕對不可能傻傻地拿自己的錢去資助別人。更何況這是「無惡不作俱樂部」欸？都取這名字了總不會免費樂捐吧？

看起來，只能用偷的。

但這種事情明明就是妮妮最擅長的……交給他做真的好嗎？

森英猶豫了一下。

但總不能什麼都不做然後月底共評大會再被羞恥 play 一次，那會是比月底花光錢吃土更糟糕的結局。

森英心一橫，趁著妮妮還沒出手，按下了「接受委託」的按鈕。

好吧，接下來就是怎麼做的問題了……

雖然是確定要用偷的，但怎麼下手？對誰下手？這都是個問題。森英不要說偷錢了，從小到大連謊都沒撒過幾次，突然要他做些壞事，說真的他也不知道怎麼辦才好。

他四下張望了一下，剛好瞄到一旁有個正在用電腦的男學生正好離開座位。並且好巧不巧地，他的錢包居然就這樣被他忘在桌子上。

這是個天上掉下來的難得機會啊！果然老天還是有眼的！

森英離開自己的座位，裝作只是要去買個飯一樣沒事地經過那張桌子。然後他伸出手，快速地摸向錢包——

「同學？」

突然，那個剛剛離開的人卻走了回來。

「請問……」

「啊……」當場被抓包的森英一時語塞。如果這時候他能看到自己的臉色，應該不是慘白就是慘綠。

幹，這下要怎麼辦啦！可不能就這樣被送到校警隊啊！

「就是……你的錢包，別放在桌上啊同學，會被偷的。」

森英強壓著內心的慌張，隨便掰了個藉口，拿起桌上的錢包往它的主人手裡塞。

「喔，謝謝你啦，我還以為你是要偷呢。」

「不……」

其實是。但森英死都不能在這裡承認。

森英想盡辦法掩飾住自己身體的顫抖，用看似一派輕鬆的樣子把錢包給了出去。在把錢包塞回給主人之後，森英快速地結束了寒暄，然後回到自己的座位上，拿起東西就落荒而逃。

「所以這就是你第一次接委託的結果？」

「對……」

逃走的森英最後來到了老地方，「16毫米」。果不其然，在因為沒營業而幾乎空無一人的座位區裡，正是妮妮那優雅地吃著千層麵的身影。

根據妮妮的說法，只要是俱樂部成員，都可以在「16毫米」沒營業的中午時間過來吃免費的員工餐，宏麟會變出菜單上沒有的創意菜色給來訪的成員。只是因為是俱樂部成員限定，所以宏麟也不會像平常開店時一樣好聲好氣，咆哮跟髒話連發，完全沒在客氣的。

「看你搶了我本來要去做的委託，還以為會有什麼好消息。」妮妮聽完森英剛才的慘狀之後，連點憐憫的話都沒說。「所以？你要把這個委託丟給我？」

「不……我還是會想辦法的。」

「好吧。」妮妮舔了一口叉子上的番茄肉醬。「不要丟了俱樂部的臉啊，我們的委託成功率可是一直都是完美的百分之百，如果這次你沒辦好的話，交給我也是可以的呦？」

「我才不想在十月共評大會再被羞辱一次咧。」

「那你可要加油囉，應該不需要我提醒你我已經二十件委託了吧？」妮妮說。「這件委託你完成之後，嗯，只差十八件就可以追上我囉？」

「嗯……」

喔，還真是容易達成的目標呢。

「加油啦，我吃完了先走了。」妮妮吃完她的千層麵之後起身，經過森英的時候還順道拍了拍他的肩膀。「下午還要上課，不知道能不能順道摸幾個錢包回來……」

不是，這句話其他人來說還好，但由校花講出來真的是有夠恐怖的啦！

妮妮走了之後，宏麟從吧檯後面走了出來。

「所以？你小子要吃什麼？我可以考慮從廚餘桶挖點東西給你。」宏麟並沒有拿著菜單，也因為是兩手空空的狀態，所以他可以扳著手指發出喀喀的聲響，根本就是在威脅森英。

「我我我我吃過了……」

「吃過了就不要來店裡浪費我時間跟精力。」

「那……飯……可以嗎？」

「飯啊。」宏麟雖然還是一臉凶神惡煞的樣子，但似乎卻開始認真地思考森英的點單。「你小子要加什麼？海鮮？牛肉？蔬菜？」

「海……海鮮，麻煩了。」

「呿，你小子給我點最貴的，免費的就可以這樣啊？」

「那……那我改成……」

「不用，你就給我等著就好。」

宏麟說完就回到吧檯後面開始忙著備餐了。

如果不是這頓飯免費還不用人擠人，森英絕對會打開 Google 評論然後給這家店一星負評。

森英打開委託網，看到了一個新的委託：

「駭掉閨蜜前男友的 Facebook 帳號」。

委託內容基本上就是各種對這位閨蜜前男友的怨懟，包含什麼「腳踏兩條船的渣男」、「玩弄好閨蜜的感情，踐踏人家的用心良苦」、「該死的中央空調、花心大蘿蔔」等等的，另外還附上了這個人的臉書帳號連結。光是透過這些文字，森英都可以感覺到網路的另一端的委託人到底有多生氣，有多想讓這個她口中的前男友顏面掃地。

毫不意外地，接下這個委託的人是瑞宏。瑞宏大概在十秒鐘前接下這個怨氣滿滿的委託，因此這次又沒有森英的事。森英嘆了口氣，坐在位子上不斷地重新整理頁面，希望能夠至少出現一個他可以做、也沒有被其他人給提前攔胡的委託。

但就在他重新整理頁面第三次的時候，剛剛的委託狀態卻更新成「已解決」。

咦？這才過去多久而已？

森英看了看網站上的紀錄，差不多只花了一分鐘。

欸是真的假的啦？這種事一分鐘就可以搞定了嗎？

出於好奇森英打開了委託中的臉書帳號連結，不開還好，一打開森英嚇了一跳。不只所有的貼文都被刪除，照片被全部清空，還出現一篇新的公開貼文，承認自己的出軌並宣布跟現在的女友分手。

而這篇貼文的附圖，正是之前信修學長收到的卡片上的圖案。

斗大的「**無惡不作俱樂部　向你致敬**」就這樣貼在那篇貼文的底下，而短短的幾秒鐘內，這篇貼文就已經有超過二十個讚，還有一大堆吃瓜群眾的留言。

哇喔……

一分鐘就可以處理掉一個臉書帳號，這手起刀落的速度根本是職業駭客吧？

搭配上之前交付委託時妮妮拿出的那些神奇道具，森英不禁開始好奇瑞宏這個人真正的實力到底怎麼樣……

反正委託是匿名的，不如丟個委託試試看吧？

森英改以訪客身分進入委託網，然後丟了一個照理說難度應該不低的委託：

「用學校的信箱系統對全部學生發一封信，宣傳下禮拜的化學週。」

這應該是森英能夠想到最不會傷害人，而且又同時可以看看瑞宏實力的委託了。要瑞宏去駭掉某個網站，對森英來說良心上過意不去。要是有人因為「森英想要看看瑞宏的底細」這種理由而蒙受損失，那森英大概會寧願在共評大會被羞辱一頓。

委託發出去大概過了十秒鐘，狀態就被更新成藍色的「處理中」。

森英拿出手機的碼表開始計時，並同時開著學校的信箱，等待著那封信的到來。

結果就在碼表數到一分鐘時，森英的信箱跳出了未讀新信的通知。

但不是學校的信箱，而是自己的私人信箱。

咦？等等，為什麼？

森英疑惑地打開信箱，看到新信的主旨是「致羅森英同學」。

不對啊，明明是匿名委託，為什麼出現的信會有森英的名字？

森英打開了信。

羅森英：

這種臉書交流板就可以解決、根本無傷大雅的孬種委託絕對是你發的。就連ＩＰ也是16毫米的 Wi-Fi，老闆也說了只有你在那裡。所以你發這委託到底想幹嘛？吃飽太閒很無聊嗎？

你想測試我的實力？那你看到了，不要浪費我時間發這種無聊委託。

蔡瑞宏

這實力。

森英頓時冷汗直流。

看到委託、猜到是森英發的、求證、找到森英的私人信箱並直接寄信警告森英，所有的事情，瑞宏只花了一分鐘就完成，還帥氣地高歌離席……

好恐怖，真的太恐怖了。要是真的給瑞宏一個出手的動機，森英的所有社群軟體帳號跟個資八成全部都會被他駭走。可能森英還完全不會發覺到大難已經臨頭，就直接被瑞宏玩弄在股掌之中。

絕對不能惹這傢伙，瑞宏絕對是比妮妮更難搞的存在啊！

「小子，你的飯好了。」突然宏麟的聲音把他拉回現實。

「喔……謝謝……」

「瑞宏那小子很不爽你浪費他時間，」宏麟說。「你最好小心點。要玩死你的話，他只需要動動手指，五分鐘後你的所有資料就跑進黑市裡流竄了。別有下次啊。」

宏麟將綜合海鮮燉飯放在森英的面前之後，就又回去忙自己的了。

森英完全沒心情去動那盤燉飯，縱使它看起來真的非常非常地好吃，但森英連動手拿起湯匙的力氣都沒了。

光是想到說不定現在心情不好的瑞宏已經在摩拳擦掌對付森英，他就已經感到全身無力、瑟瑟發抖。

但突然，森英的手機跳出了三個通知。

森英拿起來看，發現都是妮妮的訊息。

「瑞宏氣消了。」

「你欠我一次。」

「雖然我看應該不只一次哼哼哼。」

喔天啊……妮妮根本是救星啊！

森英幾乎感動得要熱淚盈眶，他擦掉頭上的汗水跟眼裡的淚水，用訊息跟妮妮連連道謝。

「謝謝……」

「不知道要怎麼感謝妳。」

直到現在，森英才終於放下心來。

他看向那盤終於讓他食指大動的燉飯，拿起湯匙開始好好享用。

魷魚煮得剛剛好，可以吃得出來撒上了一點點海鹽，襯托出食材的鮮味。螃蟹肉紅得非常漂亮，而且宏麟還很貼心地幫森英去了殼，讓森英可以直接挖起來吃。飯上甚至大手筆地給了兩顆干貝，每一顆都帶著令人垂涎欲滴的白色，兩面看起來微微炙燒過，香味四溢。最後主角的墨魚飯更是吸飽了湯汁，吃起來多汁又令人回味無窮。

這東西免費真的不會太誇張嗎？宏麟真的有賺嗎？

「看你小子吃得很陶醉啊，好吃？」宏麟從吧檯後看過來。

滿嘴食物的森英無法說話，只能大力地瘋狂點頭。

「很好。」宏麟說完後就又繼續忙了。

劫後餘生的飯，果然是最好吃的。

結果晚餐是淒慘的自助餐。

森英下課的時候已經是晚上了，餓到前胸貼後背的森英於是到學生餐廳報到。本來餓成這樣，又經歷了跌宕起伏、甚至差點社會性死亡的一天，森英是該好好犒賞自己，去吃一頓好的。但眼下要月底了，自己還有個委託要想辦法生錢出來，實在是沒什麼吃大餐的本錢。

雖然盤子裡還是有三道菜，但每道都只剩下一兩口的份量。主食更是不能拿有骨頭會占去重量而導致更貴的雞腿，或者是很大一塊又不能切所以絕對貴死的豬排，而只能拿鹹得要死但至少一分錢一分貨且還能自己控制份量的炒豬肉。

吃著這頓悽慘的晚餐，想著接下來的可能遭遇，都讓森英感到絕望與疲累。

「咦？森……森英？你是叫這個名字吧？」

一個細柔的聲音出現。森英往旁邊一看，發現正是子薇學姐。

「學姐，嗨。」森英無法掩飾自己聲音中的無力。

「咦？森英你是小鳥胃嗎？可是我記得家聚那天，你吃了很多欸？」

「啊……」

如果不是沒錢了，森英確實是能吃很多啊……

「就……月底啦，所以沒錢了，哈哈。」森英苦笑道。

「啊……啊，對不起，我不該問的……」子薇的語氣聽起來很困擾。「不、不然，我可以先借你點錢……」

「等等，學姐這樣沒問題嗎？」

「沒問題啦，我在教授的實驗室工作，有賺一點錢。」子薇說。「不多，但是至少我還沒吃土。就……抱歉問了不該問的問題……」

「嗯……」

子薇低下頭，森英似乎看見她的眼淚在眼眶中打轉。

「沒沒沒！學姐，沒有什麼不該問的！別，妳別哭啊！」

子薇擦掉了眼淚，然後拿出了她的粉紅色長夾。

「我先借你……嗯，我看看，三千應該夠吧？」

三千?!

這不是救命稻草，這已經是天降甘霖的等級啦！

「夠，夠了……」

「森英看起來超可憐的……四千好了……」

「不需要！借太多我會還不出來的啊！」

而且這筆錢還會有一部分拿去交付委託，某種程度上來說這等於是森英騙了子薇的錢。確實這變符合俱樂部的主題沒錯，但子薇是森英認識的人，他並不想在自己的良心上受到這種譴責。好啦，只受到一點譴責還可以接受，再多就不好了。

「謝謝學姐……」

「欸嘿嘿，我很不習慣被叫學姐啦。」子薇靦腆地微笑。「叫我子薇就好。」

「子薇……」

不行，等等。只是叫個名字而已，這種臉紅心跳的感覺到底是什麼？

「森英可以一起吃飯嗎？」

「當然好！」

子薇暫時離開去點餐，而森英馬上著手開始處理委託交件的事情。他聯絡了妮妮要借用之前交付委託的那些工具，等待回覆的同時，子薇帶著一碗湯麵走了過來。

「森英有聽說過『無惡不作俱樂部』嗎？」

「啊啊有……」

等一下，暫停。

為什麼子薇會問起俱樂部的事情？他是成員的事穿幫了嗎？

不不不，可能只是家聚那個話題的延續，先別慌張。

「啊，他們超級有名的。」子薇說，森英可以看見她的眼睛幾乎是閃閃發光。「活躍在暗處的邪惡俠盜組織！聽起來超帥的啊！你不覺得嗎？」

「嗯嗯……是蠻帥的……」

不，並沒有。子薇妳對無惡不作俱樂部的誤會有點大，而且是不知道要從哪邊開始解釋的那種。

「他們這次出手了，你知道嗎？」

「出手？」

「對啊，我前幾天被我男友分手了。」子薇說。「我還抓到他劈腿到他現任、無縫接軌的證據，然後我哭了一個晚上……嗚嗚嗚，現在想起來還是覺得好難過……」

「渣男分了也好啦，學姐。」

「嗯，昕晨也是這樣跟我說的……」

「昕晨是誰啊？」

「啊，對了你們不認識，她也是化學系的同學。」子薇說。「然後今天就聽說我前男友的臉書帳號被無惡不作俱樂部攻擊，我還去看了！因為公開說要跟現在的女朋友分手，結果聽說他跟他女朋友吵起來了。聽起來超爽的嘿嘿嘿。活該啦！」

咦？這不就是今天瑞宏處理掉的那個委託嗎？

「『無惡不作俱樂部向你致敬』，超帥的！」子薇說。「看起來就很像是小說裡面會出現的神祕組織，感覺很像……很像羅賓漢的那種人！」

很榮幸能被美化成這樣，雖然森英並不覺得剩下那三個人聽到這個比喻會高興就是。

「啊啊，對啊。」森英打哈哈地應付過去。

「森英覺得他們怎麼樣？」

「就……」

真實的想法是「好幾次被成員玩弄在股掌之間、每個人都窮極兇惡、如果當初有選擇的話絕對不想跟這些人——好吧妮妮可能可以——有任何關係。」，但子薇看起來超級興奮，加上說出這些八成就會曝露自己是成員的事實，森英決定絕口不提這些真實的想法。

「應該是什麼都會做的那種人吧。」森英說。「也很難說他們是不是好人。」

「可是我覺得他們超棒的啊！」子薇說。「好想知道他們都是怎樣的人……」

「嗯……我也很好奇……」

不，森英一點都不好奇。

在不知道他們都是些什麼人的情況下，單純看這次事情，俱樂部是真的帥到沒話說沒錯。但打從一開始森英就不存在這個幻想，所以也不會產生子薇那種感覺。

「甚至……好想加入他們！」

子薇說出了那句最不可思議的話，讓森英把嘴裡的三杯茄子差點噴出來。

「什麼?!」

「不知道加入他們會不會需要扮成貓女什麼的，」子薇的幻想開始朝著難以理解的方向前進。「啊，可是我不會用鞭子的說……」

「不，子薇，這不是正義聯盟，貓女應該不存在啦。」

「好吧……那要怎麼加入無惡不作俱樂部啊……」

「呃……」

不行，絕對要勸退子薇。這種純真無邪的人要是真的進了俱樂部，不只永遠都只會在共評大會陪榜，還有可能會被每個成員都生吞活剝一輪。光是宏麟的咆哮可能就會天天把子薇嚇哭了，再加上小惡魔妮妮在旁邊搧風點火，絕對會讓情況從糟糕變成難以理解。

「我不覺得他們是那麼好的組織……」

「咦？」

「妳想啊，信修學長的錢包不是被偷了嗎？」森英開始絞盡腦汁，在不透露自己是成員的前提之下說服她。「也不知道是什麼原因……就……只看這次的話，無惡不作俱樂部真的很帥沒錯，但把信修學長那件事也算進來的話，看起來就……就怪怪的了，對吧？」

子薇想了一下。

「好吧，可能他們也不收新成員吧。」

不知道子薇怎麼得到這個結論的，但結果是好的就算了吧。

森英吃下了最後一口炒豬肉。而此時剛好手機跳出了通知，是妮妮的訊息。

「東西晚上可以給你。」

「恭喜你完成委託啦，再二十件就可以追上我囉。」

才隔一個下午為什麼差距又拉開了啦？

不過也不用太意外就是。妮妮的委託基本上都是跟偷竊相關的，而看過她快狠準手段的森英其實也能理解，對她來說接這些委託應該跟喝水一樣簡單。

但出於好奇，森英問了關於新成員相關的事情。

「我們有收新成員嗎？」

妮妮很快就讀了，並給出了她的答覆。

「沒有，而且我也不覺得森英這麼遜砲的人介紹的新成員會多有用啦，哼哼。」

喂，最後那句是多餘的啦。

# 第四章 ⚜ 「暴力酒保」陳宏麟

結束了自己真正意義上的第一個委託之後，森英便開始思考他跟妮妮之間剩下那二十件委託差距到底要怎麼解決。

喔不對，根據妮妮昨天的敘述，她跟森英的差距已經拉開到了二十七件委託。短短的三天，妮妮就毫不客氣地幹了七件壞事。學校學生、駐警隊還有台北市的警察真的都沒有懷疑過，為什麼這間學校的物品跟錢財失蹤率這麼高嗎？也沒有人把這件事聯想到總是好巧不巧經過現場的妮妮嗎？

好吧，可能頂級的小偷真的就是這樣吧。

搭配上妮妮那種時而純真，時而又像小惡魔般頑皮的雙面性格，要說她不會被懷疑還真的蠻有可能的。

在「16毫米」等著吃午飯，同時滑著手機刷委託網的森英，突然看到了一個新委託：

「保護委託人（可能涉及暴力）」。

主旨大概是這個委託人最近懷疑自己被跟蹤，種種跡象都顯示有人好像盯上了她。所以來俱樂部的委託網上面請求協助，讓她能夠在幾天後父親出差回來接她上下學之前安全地回家。

呃，不是，妳為什麼不找警察報案或雇個私家偵探就好，非得要來這裡啊？

不過轉念想想，警察可能因為證據不夠確鑿不想幫忙、偵探可能又真的很貴。相比在這種事情下一向收費都蠻佛心的俱樂部，可能還真的是蠻有用又高CP值的選擇。

這種涉及暴力的委託一看就知道很適合宏麟。雖然是「16毫米」的老闆，擁有調酒師證照、媲美專業廚師的高超廚藝，還有可以在大安區開一家店的財力。卻是個私底下髒話連發、力氣超大，甚至森英超級懷疑他根本混過黑道的暴躁傢伙。

但眼下森英根本沒別的選擇。不接這委託，共評大會剩下十天，也難以保證會不會有機會接到其他委託。如果接了，雖然以森英這種體格跟先天性地中海型貧血，要是真的遇到事情大概就是當沙包的分兒，但假如沒有遇到事情，那應該就是賺一次績效點，沒有不賭一把的理由。

森英猶豫了一下之後，還是心一橫接下了委託。

接下委託之後，森英放下了手機。宏麟正好將清炒義大利麵端了過來。

「喂，你小子。」宏麟用他那招牌的沒好氣的打招呼方式稱呼森英。森英一開始每次只要宏麟說出「你小子」，或是語氣開始變火爆的時候，都會嚇得感覺心臟漏了一拍。但現在的森英已經可以開始適應某些時候宏麟的習慣性粗暴，能夠以正常的方式去應對。

「怎麼了？」

「你他媽搶了我的委託？」

好，這下子看起來那盤麵森英應該無福消受了。

「呃……對……對，對不起……」

「你他媽很敢嘛？老子的委託你也敢搶？」宏麟貼近到森英的眼前。「給我記著，老子如果這個月最後，就是你這臭小子的錯。」

「對，對不起……」

「你他媽這種體格，接這種委託，是想要笑死誰啊？」宏麟說。「還是你真的活得不耐煩了想被打死？」

「他……他也只是說『可能』啊……」

「算了，你這小子接了就最好給我辦好。」宏麟說。「在這等著。」

宏麟說完之後走到了吧檯後面，然後拿出一個盒子。

「這種要見面才能辦的委託，罩子最好放亮點。」宏麟走到森英面前，坐在他對面，然後將盒子放在桌上。「你小子一看就沒混過，成長過程都是乾乾淨淨的對吧？他媽的。」

宏麟打開盒子，裡面是一支手機、一副墨鏡、一頂假髮、一個皮夾跟一支電擊槍。

「這皮夾裡面的證件是假身分，萬一遇到條子可以蒙混過關，也不會洩漏你是成員的身分。」宏麟拿起皮夾，將它放在森英的面前。「上面的資訊你最好是在出去之前背得滾瓜爛熟，條子問話你要是有個猶豫，警察局可不提供熱水跟棉被的。懂嗎？」

「懂……」

也對，俱樂部成員身分都是保密的，要見面保護人什麼的，準備手續一定超級麻煩。

森英開始後悔接了這委託。

「手機，號碼登記的名字跟這個假身分一樣。」宏麟說。「只有出任務可以用。不准拿來滑社群軟體。要是掉了，你，還有我們麻煩就大了，懂？」

「嗯。」

「出任務時除非被問話，否則墨鏡給老子牢牢地戴著。」宏麟又將墨鏡拿出來。「最後這個不需要解釋吧？」

他拿著電擊槍，按了一下按鈕，讓電弧滋滋地作響。

森英吞了口口水，不安地看著幾乎沒開燈的店裡，那顯眼的白色電光。

「就這樣，一路順風。」宏麟起身。「還是你小子比較想從老子這聽到『一路好走』？」

「拜託不要……」

宏麟說完給了一個惡狠狠的笑，留下一臉驚恐的森英。

後來在出任務之前，出於妮妮對細節的堅持，森英重新拿到一組有自己大頭照的假證件。不只是身分證、健保卡這種基本款，裡面甚至還包含駕照，還有幾張煞有其事的信用卡。不過信用卡是不能真的刷的，因為帳戶裡就是俱樂部接委託的酬勞。在沒經過大家的同意下，沒有正當理由地動用，就是等著事後被大家狠狠教訓一頓。

這個無惡不作俱樂部還真是個恐怖的組織。連這種東西都搞得到，到底是什麼諜報片劇情啦？現在是在演《金牌特務》還是《不可能的任務》？

當天晚上，森英穿著指定的服裝，在指定的地方等待委託人的出現。

雖然說委託人有給自己的個人資訊，但現在的修圖軟體這麼發達，照片也有可能根本根本是照騙嘛。

過了一陣子，一群人從教學館走了出來，應該是剛下課。這所大學並沒有設置鐘聲，因此所有上下課全部都是教授看著時鐘決定。大部分的教授都蠻受控的，會準時放人，但也有少部分教授根本無視表定的上下課時間，想上課就上課、想放人就放人。

在人群中，一個身材看起來很瘦弱的女學生走了過來。

「你是張柏毅先生？」

張柏毅就是森英現在用的假身分。基本設定是二十四歲、目前待業、以前曾任大樓保全，會來幫忙是因為俱樂部成員的介紹來打個零工，獲得的薪資會從委託費中拿六成。

「我是。」森英說，盡量不讓自己的表情露餡。

她上下打量了一下明顯沒幾塊肌肉的森英，一臉狐疑。

呃，這身材確實沒啥說服力，但別這樣啊，大家都有苦衷的好嗎？

「好，麻煩你了。」但她最後什麼也沒說。

兩人便就這樣一前一後走向公車站。一路上兩人什麼話也沒說，森英就這樣距離她大概一步的距離，走在她後面。等公車的期間，森英四下張望，將自己的感官完全打開，注意著到底她說的「跟蹤自己的人」在哪裡。

然後公車來了，兩人上了車。

「要坐五站，下車之後走一小段路。」委託人說。

然後她就開始滑手機了。

森英的任務用手機雖然也是智慧型手機，但是不能登入自己的帳號，因此他只能開始看著人群，偶爾分神看看窗外。放學時間剛好也是這個地方的尖峰時刻，車子非常的多，公車就算走在專用道上，也很容易因為明顯比離峰時間多的班次而塞車。

過了大概二十分鐘，到站了。兩人一起下車，然後往旁邊的巷子走去。

跟外面的大馬路不同，巷子裡是個完全隔絕的另一個世界。由老公寓圍起來的小巷道有著很多的死角，像是一旁堆著的紙箱山、一個巨大的變電箱、看起來應該超過一年沒有被動過的舊式廂型車、或者是建築物與建築物之間的狹小防火巷。

不難想像為什麼她會需要保護，這裡真的是跟蹤狂的天堂。

才剛走進巷子，森英就感覺到後面有人跟著。森英用眼角餘光瞄過去，發現是個身高少說有一百九十公分的巨漢。

這絕對是最糟糕的情況。

如果只是個一般的人，森英雖然不是什麼壯漢，但有兩個人走在一起的話，總會起到點嚇阻效果。但問題在於這個人很明顯可以輕鬆一打二，兩個人的這一邊還明顯都是弱不禁風的狀態。

森英開始感覺自己的腎上腺素狂飆。

果不其然，才過一個轉角，背後就傳來了狂奔的聲音。

「快跑！」森英下意識地往委託人的方向大喊。

結果他一看，委託人早就跑遠了。

也好，這樣她就不會發生什麼——

「噢！」

巨漢一上來就是一記上鉤拳。雖然森英出手擋了下來，但因為自己手臂的肌肉量明顯不足，因此這一擊打在手上還是痛到森英叫苦連天。

「幹，也沒什麼嘛。」巨漢說。「你現在是以為你惹得起我？哈？你混哪裡的？」

今天之前森英始終認為宏麟算是黑道，現在看起來宏麟的黑道程度大概只能算 cosplay。

「我……噢！」

本來森英還想用電擊槍稍微跟他纏鬥一下，結果巨漢用力抓住森英拿著電擊槍的右手，同時另一隻手又是一拳。

這一次森英沒防下來，直接被擊中腹部。他也隨之倒地。

痛已經不太能形容現在的感覺了。平時被美工刀割或者是被腳踏車輾到腳，跟這種痛比起來完全就是小 case，現在的痛明確地告訴森英，他八成斷了幾根肋骨，可能還傷到了一些內臟。

森英用力地噴了口東西出來。他不知道那是口水還是血，但他也無暇搞清楚。

「弱雞。」

巨漢正要跨過森英。

「喂。」突然一個熟悉的聲音。

森英抬頭望去，映入眼簾的正是宏麟。

「弱不禁風的傢伙你也打，現在是沒有江湖道義了嗎？」

「你又是誰？」

「……」

宏麟沒說什麼。他只是捲起酒保服白色的襯衫，然後右手扶著左手肩膀，稍微轉了一下左手手臂，看起來像是種開戰的信號。

巨漢二話不說衝了上去，充滿肌肉跟刺青的右手打出了充滿速度與力量的一拳——

但宏麟只是輕鬆地往他的右邊一晃閃過這拳。然後他順著往右的力道讓身體劃過一個弧線，蹲低欺到巨漢的下方，然後早已蓄勢待發的右手往上一拳，正中巨漢的下巴。

這一拳打得那巨漢硬是舉頭向後仰，踉蹌了幾步。宏麟抓準這個空隙上前抓住巨漢的左手，同時旋轉身體背向他，再用力往後一頂，使出一個過肩摔，硬是把比自己高一個頭的巨漢狠狠甩到地上，發出一聲不小的「碰」。

「還要嗎？」宏麟問。

巨漢狼狽地爬起，森英看不見他的表情究竟是要不要繼續打，但宏麟已經開始旋轉身體，一個迴旋，直接踢中巨漢的鼻梁。那一踢之準確，就好像巨漢的鼻子是空手道練習中被師傅拿著的那塊木板，而宏麟抬起的腳高過他的頭部，直接命中這一記漂亮的迴旋踢。

就著這迴旋踢的力道，宏麟藏在身後的左手宛若標槍般飛出，直直打中巨漢橫膈膜下方大概肝臟的位置，讓巨漢發出了一聲哀號。

這一切的流暢動作，宏麟是穿著酒保服完成的。這簡直就像是英式特務電影裡面那個無所不能的主角，連穿著全套訂製西裝，都能把敵人打得屁滾尿流。

「認輸了沒？」

宏麟惡狠狠地問。

「……」

巨漢又站了起來。他的鼻梁明顯歪到一邊，鼻血汩汩流出，嘴角也滲著血。但身體素質明顯更好的他並沒有受到多少傷害。他擺起拳擊的架式，看似準備要再來個幾回合。

比肌肉，宏麟很明顯輸給面前這個可能根本把類固醇當飯在吃的肌肉巨漢。但從剛才那一串連擊很明顯可以看出，敏捷跟打擊的準確度方面宏麟是全面壓制。

「啊啊啊啊啊啊！」巨漢一聲巨吼衝了上去，連環出了好幾拳，每一拳都有如突進的長槍一般，快速且威力極大。但恐怖的是，宏麟全都面不改色地一一躲過，左手出拳就閃到左邊，右手出拳就閃到右邊。

「出手啊！就只會躲嗎?!」

巨漢一記左鉤拳，直往宏麟的臉過去。

但宏麟面不改色，右手一抓，竟然抓住了那個幾乎有籃球那麼大的拳頭！

「什——！」

連森英都看呆了。

「出手囉。這可是你說的。」

隨後宏麟用力將他抓住的拳頭向下反扭，把巨漢的手臂扭成一個奇怪的角度。不用想也知道，宏麟只要稍微再多用力一點就好，巨漢的手肘就會脫臼。

但宏麟沒這麼做。他選用更狠的方法，趁著巨漢的左手被牽制、右手又來幫忙想辦法不要讓他自己的左手被拗過去之際，宏麟伸出左腳，踢中了已經被彎到極限的手肘。

「啊啊啊啊啊！」

毫無疑問，那是關節脫臼，劇烈疼痛的呼喊聲。

趁著巨漢少了一隻手的戰鬥力，宏麟趁勝追擊。他用力地兩掌左右夾擊，往巨漢的耳朵拍了下去，直接破壞掉他身體重心的平衡。

內耳是人體平衡的中樞，其中所含有的前庭系統一旦遭受瞬間的衝擊，就會導致人在一段時間之內站不穩。而這就是現在巨漢站姿堪比醉漢的原因。

宏麟並沒有放過這個空隙，一記手刀狠狠往脖子敲下去，趁著巨漢因為疼痛而彎下腰時，使出一記上踢，再度正中不巧因為臉朝下而露出的鼻梁。

巨漢翻了過去，就像是被某種神奇的力量給高高拋起，然後重重摔在地上。他的臉上全都是血，鼻梁斷成三截，兩邊嘴角都流著血。但他的眼睛還睜著，甚至依舊保有微弱的意識。

「以後不要再出現在這，不要再跟著那傢伙。」宏麟撂下這句，轉頭走向森英。

「能走嗎？」

森英沒有想到會被宏麟關心。他點點頭。

宏麟回頭確認了一下倒在地上的巨漢，拿出了手機。

「喂……是，哥，好久不見……沒時間敘舊，景美這邊有個人你帶回去處理一下……我看一下，把最近的門牌拍給你……老樣子祕密處理掉，謝了。」

掛掉電話之後，宏麟拍了一張照片傳過去給某個人，然後他將森英的右腋下放在自己的肩膀上，將森英的身體撐了起來。幸運的是雖然腹部劇痛，但森英沒有傷到腳。

「撤退。」

兩個人開始狂奔。宏麟熟練地繞過幾個轉角，而森英很勉強地跟著。雖然腳是沒事，但腹部傳來的痛覺正在剝奪他的意志力。最後宏麟停在一輛黑色的轎車前面，打開門讓森英坐到後座，自己坐進駕駛座，然後發動車子離開這裡。

「他媽的就知道這委託交給你一定會有問題。」宏麟說。

「抱……抱歉……」

森英的語氣半是因為害怕宏麟的不友善，半是因為他現在一講話，橫膈膜就會傳來影響他呼吸的劇烈疼痛，撕心裂肺的程度大概堪比被車撞。

「這委託老子跟小姐說我接了。」宏麟說。「道上的事情你以後不准插手。」

然後宏麟便開往最近的醫院，讓森英能夠處理自己的傷勢。

「小子你的醫藥費老子可不會真付，先給你賒著。三天內沒還錢就開始算利息。道上利息怎麼算的不用老子告訴你吧？」

「是……」

最後，宏麟將車開到了最近的醫院，幫森英掛了急診。他順道還說了驗傷單、醫師證明等等的東西，感覺就是一副處理過很多這種事的樣子。

結果還好，X光顯示骨頭其實沒有斷，只是森英這輩子沒體驗過這種等級的痛，因此當下才會以為受了很嚴重的傷。吃點消炎藥、住院觀察一下之後，森英就被放回去了。也因為這樣，森英當場就把醫藥費還給了宏麟。

丟了一個委託，還讓森英必須在不可能睡好的情況下，在套房中掙扎地度過一晚，怎麼想都是有夠糟糕的結局。

一個人躺在床上，森英覺得反正也沒事做，就滑滑手機刷了一下委託網。

很幸運的是，有沒人認領的新委託：

「請破壞我討厭的同學的實驗數據」。

等一下，這委託……

森英點開了委託詳細資訊。一看見委託人的名字，他馬上從床上爬了起來。

因為那是他的同班同學。

也就是說，這個委託完全就是為森英而生。

這種天上掉下來的良機，終於被森英遇到啦！

森英快樂地大聲歡呼，但才叫出來不到一秒，橫膈膜馬上就用劇烈的疼痛抗議森英有勇無謀的舉動，因此歡呼馬上變成了一句毫不掩飾的咒罵。

不對，現在不是高興的時候，趕快接下來啊！

森英趕忙拿起手機，確認這個委託還是沒有人接之後，按下了「接受委託」。

正好明天就有實驗課，馬上就可以大顯身手一番了！

隔天下午，化學系館一樓，實驗室。

實驗課是這樣運作的：

所有人兩人一組，每個人都會先預習好這週的實驗流程。做完實驗並算出結果之後，帶實驗課的助教會來檢查自己這組的成果跟數據是不是對的，有沒有符合預期。只要實驗結果在助教給的誤差範圍內，就可以即刻下課離開實驗室。

因此，只要技巧夠好、實驗步驟記得夠滾瓜爛熟、並且足夠幸運的話，在表定下課時間前一個半小時走出教室，也是完全有可能的事情。

但如果怎樣都做不出來，助教也會陪你耗到做出來為止。

搞同學的實驗數據，確實是個不太有實際的傷害，但會讓對方心情很煩躁的惡作劇。畢竟，誰也不想在晚上八點才走出實驗室，餓得半死卻發現學校附近能吃晚餐的店關了一大半，最後只能屈就於便利商店飯糰。

森英穿戴好實驗用的護目鏡、實驗袍跟手套，走進了實驗室。

今天的實驗剛好有兩個特點：步驟超級多，一步錯就會後面全錯。另外就是所用到的溶液裡面剛好有一杯硫代硫酸鈉溶液，是透明無色的，看起來就跟水沒兩樣。

森英的計畫就是把那一組的硫代硫酸鈉，直接調換成容量完全一樣、但濃度只有一半的同一種溶液。外觀上沒有任何不同，正常來說也不會有人去聞或是嚐它，所以要一直到把全部藥物混合，並且記錄結果，進到最後計算的時候才會發覺不對勁。

而要把溶液稀釋其實也很簡單：拿配好的溶液的時候只拿一半，然後加另一半的水進去。這簡直就是個唾手可得的超簡單委託。

森英配好了另一杯「惡作劇用溶液」。

再來就是吸引大家的注意力，然後趁他們毫無防備時偷偷換掉溶液。

森英預先發了一條訊息給妮妮，拜託她在五分鐘之後打來。

然後再把手機的鈴聲改成〈新不了情〉，音量開到最大聲。

最後，森英若無其事帶著溶液走過去，然後等待著那一刻的發生。

突然。

「回——憶——過去，痛苦的相思——忘不了——」

「誰的聽歌品味這麼差啦！」前面的助教大喊。

突如其來的聲音讓大家全部往森英的背包看去，而隨著助教的吐槽大家更是哄堂大笑，目光轉到前面的助教身上。

森英趕緊出手。他瞄準了桌上的溶液，左手抄走原本的溶液，同時右手將「惡作劇溶液」放上去。然後他再急急忙忙跑回自己的桌子。

「抱歉！抱歉！」森英裝得自己好像忘記把手機關靜音，趕忙跑回去把打來的電話掛掉的樣子。「啊，朋友打來的，等下再打回去就好。」

「實驗室不准奔跑，羅森英。」助教卻說。「多丟幾秒鐘的臉不會有事，你手上那杯溶液要是倒了才真的麻煩。」

「是……」

成功了！得手了！

森英如釋重負。

他拿回了溶液，並且跟搭檔開始做實驗。他的搭檔沒發覺任何不對勁，只說森英原來喜歡老歌。

呃，那是蕭敬騰的版本欸？不老好嗎？

「喔，因為我那個朋友喜歡老歌，所以就把她的鈴聲特別改成這首。」森英繼續他的漫天大謊。

「喔——那你女朋友的呢？」

「我沒有女朋友啦。」

「所以黃妮妮沒下文？」

「沒有啦！」

「好吧，別傷心，下一個會更好。」

森英無法否認這句話，但也無法認同這句話。所以他乾笑了幾聲便繼續實驗。

終於直到兩個小時之後實驗結束，而他們也順利算出正確的數字。

但另一邊就不妙了。

「我不懂啊？為什麼這條線會長這樣？」

「同學，你為什麼會得出剛剛好是理論值一半這種答案？」助教說。「你有算對嗎？」

「沒錯啊，算了三遍都是這樣……」

「還是你們溶液的量是錯的，剛好拿到一半？」
「不可能啊？用分注器按一次的量是固定的啊？」
那邊已經開始慌了。
「剛好一半……感覺是有人搞我們欸。」
「幹，不會吧誰這麼無聊？」
那個被列在委託目標的同學看向了那個討厭他的人，也就是這個委託的委託人。
「絕對是你！」
「幹我沒有！」
「真的沒有，他一直都在這裡，連溶液都是我去配的！」
委託人的實驗搭檔說話了。
「我記得之前好像有在無惡不作俱樂部的委託網上看到『請破壞我討厭的同學的實驗數據』的匿名委託……不會是你丟的吧？」目標的實驗搭檔說。
慘了，事態往最糟糕的方向發展了。
為什麼你們沒事會去刷委託網啦？那是我該做的事好嗎？
「我沒有！」
「所以動手的人不是你，而是在場的某一個人。」委託目標說了。
全場靜默。
而森英已經預料到事態的發展。

「全部人留下。被我抓到的人今天九點走。」助教說。

果不其然，審問大會開始了。

助教從學號最小的開始一路問，森英很不幸地是第一個被問到的。

但好笑的是「你有沒有換溶液」這個問題根本就是個無效問題。到底誰會承認啊？

「沒有。」

「你知道他們說的……那個『無惡不作社』嗎？」

「是『無惡不作俱樂部』，助教。」目標在後面補充。

「都一樣啦。」

「知道。聽說過。」

為了避免事後從信修學長那邊被起底自己其實知道，森英索性把信修學長錢包被偷的事情大致講了一遍。

「啊，我男朋友也遇到了。」委託人說。「我記得……他好像是說，錢不夠但需要買一萬塊的器材，然後丟了委託。」

「你知道這件事嗎？」

等等，這是他跟妮妮一起出門解決的那個委託！

也就是說，他絕對，絕對不能透露委託的任何只有他知道的細節。

絕對不行。

森英吞了一口口水，決定裝死到底。

「不知道欸，我前陣子正在跟黃妮妮死去活來的，怎麼可能知道這個啦。」

雖然是笑笑地說，但森英的內心非常地緊繃。他可以感覺到自己的心跳非常非常地快，體溫慢慢升高，眼睛不知道該看哪裡才好。但他強裝鎮靜，說出這句絕對只能用玩笑的語氣說的話。

拜託了，我信妳一次，黃妮妮。

「森英——很會喔——」

然後是無止盡的訕笑。

好吧，最高等級的幽默就是拿自己的瘡疤自嘲嘛。

「嗯，好吧。可憐你，你可以走了。」助教說，看起來對這八卦也略知一二。「看起來完全不怎麼像在說謊。」

「好，謝謝助教。」

將實驗數據交上去後，森英用最快的速度走出實驗室。

外面的走廊沒有人，他走出去後用力地脫下手套丟掉，將護目鏡跟實驗袍全脫下來，胡亂塞進背包，然後一邊壓抑自己鬆了一口氣的心情，一邊裝作沒事地離開。

還不行。

在這裡就大喘一口的話，會被抓到尾巴的。

森英一路忍到距離系館有一段距離的便利商店，才終於大力地喘了出來。

「喔——！」

太恐怖了，實在是太恐怖了。

森英決定給自己來點犒賞，慶祝自己活過這個委託。他買了平常絕對不會買的名貴奶茶，然後在便利商店外面的座位區坐下，開始慢慢地啜著。

助教說自己不像在說謊？森英就是全程在說謊啊！

還是說……

森英想了一下。

這會是他能夠接委託的一種優勢嗎？明明是說謊新手卻看起來超級老鳥？

他開始覺得自己能做到一些事情了，也有機會追上其他三個人了，最少最少，有機會不是最後一名了。

森英拿出手機，裡面是妮妮的訊息。

「委託怎麼樣？」

畢竟是幫自己引開注意力的人，妮妮知道這個時間森英在辦委託的事情。

「成功。」森英回覆。

「啊，很好呦。」

「你現在幾件了？」

森英數了一下。電子街那件、偷錢但實際上變成借錢那件、還有今天這件。

「三件。」

妮妮讀了一下子才回覆。

「抱歉我委託太多了，數有點久哈哈哈。」

「你再差三十件就追上我囉！加油吧！」

喂等等，不是吧？什麼啦？不要澆熄好不容易得到的成就感啊！

# 第五章 ⚜ 雙面毒師

「喔？最近搶我的委託倒是蠻不遺餘力的嘛。」

「呃……」

學生餐廳，下午五點半。

森英透過自己的說謊老鳥技巧（他自己比較喜歡稱之為「一本正經講謊話」），開始能接一些小委託。除去上次破壞掉實驗數據的事情，他還幫忙偷了幾次東西跟錢，幫忙交了遲了兩天的紙本作業，還甚至幫某個沒信用卡卻偏偏因為角色太香，想刷魔法小卡的家裡蹲在手遊上課了第一次金——當然，用的不是森英自己的錢也不是森英的卡。

但因為這些委託全部本來都是妮妮在做，在今天不小心巧遇妮妮之後，就馬上被發了頓牢騷。

「要是你搶的委託全部都給我，我這個月可是穩穩第一名呢。」

「妳要是第一名，我又是最後的話不是會很慘嗎？」

「我可能還是三個人裡面對你最好的呦？換成瑞宏跟宏麟的話……」妮妮不悅的神情卻突然消失，換成一種頑皮的壞笑。「嘻嘻，光想就覺得很期待呢。」

「喂，我有在努力了啊，不要露出那種恐怖的表情啦！」

「人家只是期待一下，又不會真的傷害你。」妮妮說。「這樣看起來你搶走我的委託好像也不錯欸。好想知道宏麟會叫你做什麼，反正一定比免費洗一個禮拜的碗還要過分。」

「這已經很過分了吧?!」

「哼哼，你這週五就知道了。」妮妮說。「就現在的趨勢看起來，你應該還是最後一名吧。」

森英已經盡力在拉尾盤了，但無奈前面兩週自我放飛得太嚴重，導致後面就算找到自己能做的事情，也已經於事無補了。

「唉……」

「不過，我個人倒是覺得你能做點事也不錯。」

「咦？」

「雖然我們一直都在互相競爭，有個始終墊底的也不錯，」妮妮說。「但是我個人更希望俱樂部可以再壯大一點。總之，做得好。」

妮妮這突如其來的稱讚讓森英一時臉紅了一下。他一時不知道要說些什麼，眼神呆滯地望著妮妮。

而這不會躲過精明又頑皮的妮妮的眼睛。

「哼哼，被漂亮女生稱讚就變呆子啦？」

「喂……」

「不然我們來場比賽吧？」妮妮說。「我想知道你現在的實力怎麼樣。」

「可是我只會說謊而已啊？」森英表示拒絕。「妳除了說謊這招之外還很會偷東西欸，比賽我怎麼可能比得過妳。」

「放心。」

妮妮拿出錢包，將兩張一百元放在桌上。

「只能用說謊的方法，拿一百元去買晚餐。」妮妮說。「我不能偷任何額外的錢或食物，所有的優惠跟特價也都不算。最後誰的晚餐總價值最高，就算誰贏。」

「我總覺得我不會贏……就沒什麼興趣比……」

「那要給你點獎勵囉？」妮妮說。「啊啦，真是的。」

妮妮將她纖細白皙的手指交叉，兩手的拇指抵著下巴，思考了一下。

「不然這樣好了。」妮妮眼睛轉向森英，露出一個燦爛的笑容。

「嗯？」

「你只要贏了，」妮妮說。「我今晚就去你家過夜。」

嗯？

等等，什麼？

「等——！」

「等什麼啦，跟校花共處一室，你知道有多少人想要這個機會嗎？」妮妮說。

森英一時語塞。他可以感覺自己的耳根子發燙，熱意從脖子開始蔓延一路到太陽穴，脹紅的臉頰應該堪比關公。一種輕飄飄的感覺襲來，森英對這感覺很陌生，只覺得現在他幾乎可以飛到九霄雲外。

跟妮妮一起過夜⁈

這是什麼等級的福利啦？這種天上掉下來的好事到底為什麼選中了自己？這不是在做夢吧？

「我加入！我比！」

哇，又有新的故事可以炫耀了。

只要贏下比賽就能跟妮妮共度一晚……啊，為什麼有種莫名的已經成了家的感覺？是不是中間跳過了很多步驟？

森英已經興奮到掩飾不住自己臉上的笑容了。

「買東西限時二十分鐘，或是花完所有錢就算結束。」妮妮說。「我可沒有這麼簡單就會跟你回家，美夢等你贏了比賽再說呦。」

「好……」

專注。一定要贏。

「開始。」

森英環顧四周，找找看有沒有能夠下手的目標。

學生餐廳有一家自助餐、一家麵包店、一家便利商店、一家手搖杯店跟幾間賣快餐的餐廳。要弄到超過一百塊的東西，首要條件就是要拿超過本身價值的東西，或是在換錢找錢的過程中動手腳。

森英的第一站是便利商店。他走到關東煮的檯子前，稍微看了一下。

印象中這家便利商店的店員點關東煮的時候不會太仔細地看。有都市傳說是有學長拿了兩包泡麵丟進去，結果店員只算了一片的錢。

森英如法炮製。趁著店員沒注意他塞了兩片麵，再在最上面擺上兩大塊油豆腐跟一串魚蛋混淆視線。然後拿去結帳。

「油豆腐兩塊三十、魚蛋十五、麵……」

店員看了一眼。

後面排隊的人還有幾個，店員沒時間看太久，應該有機會。

拜託，看走眼，拜託。

「麵一塊，十元。」

店員沒仔細看就結帳了。

森英忍住自己拔得頭籌的興奮，付了錢之後回到位置上。他找了一下，發現妮妮在自助餐區夾著菜。

自助餐要怎麼動手腳啊？妮妮打算做什麼？

但沒那麼多時間去想這些。

接下來森英打算用找錯錢的方式應戰。他來到了麵包店。

雖然關東煮配麵包真的是有點奇怪的組合，但再回去便利商店怪怪的，礙於只剩下四十五元，森英就只能來這裡了。

他拿了幾個麵包，算算錢應該差不多，就準備去結帳。

等一下。

森英這才注意到，剩下的四十五元是零錢。零錢是更容易判斷有沒有找錯的，因為通常找的金額較少，不太會有看走眼的可能。

除非森英動用自己的一百塊鈔票，最後再把等值的一百塊零錢放回去。

這有點算是鑽規則漏洞，但反正這本來就是做壞事大賽，森英也沒在管這些的了。

森英拿了一百塊去結帳，總價值三十元的麵包，照理說要找七十元。

如果讓店員找一個五十元硬幣跟兩個十元硬幣，不可能會找錯。

「可以幫我全部換成十元嗎？我想去轉個扭蛋。」

「好的，沒問題。」

用扭蛋一個一定需要六個十元硬幣的理由凹店員換錢，然後再說找錯就可以了。

店員給了森英七個十元，森英馬上現場點了一次。

「少了一個喔？」

「咦？」

店員一臉不可置信的樣子。

「我看一下。」

等等，這樣不行。店員親自點一定就會發現其實是沒有錯的。但不讓他點就又會曝露亂講的事實，所以只好……

「等等，一、二、三、四、五、六、七！啊，我算錯了。抱歉。」

森英只好自己解圍，重新點一次，然後裝作是自己剛才算數不靈光了一下算錯。

「好，沒問題，謝謝——！」

啊——失敗啦！

而且最糟糕的是剩十五元。十五元能幹嘛？

無奈的森英最後只好買了罐鋁箔包解決。他回到位子上，妮妮已經在那裡等他。

「嗨，我……」

等等。

森英看著面前的景象，完全難以相信。

妮妮的面前擺著一盤有著一主菜兩配菜的自助餐、一個森英記得是六十元的便利商店冷藏漢堡，還有一杯手搖飲。手搖飲是簡單的奶茶，看起來約莫四十元到四十五元左右。加上漢堡就已經剛好抵達甚至超過預算了，為什麼還有一盤自助餐啦?!那最好是不用錢的！

「不是吧……」

「我就說才不會這麼簡單就被你帶回家。」妮妮說。「你還太嫩。」

「不是，這是怎麼……」

「經典的找錯錢把戲啊？」妮妮說得好像這是什麼常識一樣。

「不，那是妳的經典，我根本不知道那是什麼……」

「這樣做。」

妮妮拿出五個十元，疊成整齊的一疊，斜斜地放在手心。硬幣是向手腕的方向倒過去的，也就是說被壓在最下面的硬幣最靠近手腕處。

「假設這是店員找錢的時候的樣子。」她說。「重新整理一下。」

妮妮快速將硬幣稍微握起來，手彎成九十度。然後稍微將手腕往下轉，再打開手掌。奇怪的是，手掌的這一合一開，硬幣放的位置居然挪到比較靠指尖一點的地方。如果不是森英有特別注意妮妮的奇怪手勢，一個同時有其他工作在忙的正常人不會發覺這種差異。

「然後像這樣往自己的手臂彎……」

妮妮做出將錢收起來的手勢。她收起手腕，作勢要把硬幣握住。然後突然間，妮妮不知道做了什麼，疊在最上面的兩枚硬幣居然加速滑下她的手心，進到了她的外套的袖子裡！

「中指稍微發點力把硬幣打進去就好囉。」妮妮說著。「這樣就算給店員自己數一次，店員也找不出任何問題，二十元到手。」

「最好是啦！」

「哼哼，有技巧的，人家也是練了很——久才學會。」妮妮說著，一邊把手伸直，抓住從袖口掉出來的兩枚硬幣。「包括彎手腕的時間要比彎手指早，製造一個剛好的斜坡讓硬幣衝進去、或者是怎樣用手掌發力讓正常人看不出來……之類的小技巧。」

「這有算在規則內嗎?!」

「我可是只說我不能用偷的喔？但讓謊話合理化是在這個範圍內的。」妮妮說。「然後如果店員找的是一個五十跟一個十元硬幣，就偷偷把五十換成十元然後說找錯也可以呦，四十元到手。」

「妳有這種手法為什麼不去當魔術師啦？」

「才不要。變魔術無聊死了。」妮妮說。「結算吧。哼哼，奶茶四十元、自助餐五十元、漢堡六十元，總共一百五。怎麼看你都輸得有夠慘的。」

「不……慘輸啊……」

森英的美夢徹底破滅了。

跟校花共度春宵的機會……就這樣飛了。

「不過看起來也是有超過一百元的吧？」妮妮說，指了一下關東煮的碗。「我看到囉，兩塊麵。」

「嗯……但跟妳比起來還是差太多了。」

果然森英還是太嫩了嗎？

「每個人都是從小菜鳥開始的啦。」妮妮說。「你如果想要在俱樂部生存下去的話，不只是這些基本的事情，最重要的是找到『只有你可以做的壞事』。」

確實。妮妮專司偷竊跟用花俏的手法做小動作，瑞宏專門在網路上橫行，宏麟負責現實中需要現身的勞力活。每個成員都有一樣主要的能力，搶委託的時候雖然還是有時候會遇上不屬於以上三者的委託，讓所有人跳進去大亂鬥，但擁有獨特的能力就能各司其職。

「問題是我根本就不知道啊……」

「好好想想吧。」妮妮說。「我等一下還有事情，自助餐就給你吧。跟你交換關東煮囉。」

「嗯……」

森英無意識地開始吃著自助餐。

突然一封訊息傳了進來，是妮妮。

「話雖如此，你心態上也要準備好呦。」

「你看看我可是用五十元的自助餐，換到六十五元的關東煮呢。」

欸不是吧？又被擺一道了？為什麼就是拿這個女人一點辦法都沒有啦?!

森英嘆了口氣，繼續吃飯。

結果十月的共評大會，就這麼在森英想要做什麼，但最後除了多幾件委託之餘毫無作為的情況下開始了。

「哎呀，看起來小鬼這次又要墊底囉。有人當墊背真好。」宏麟如釋重負地說。

「宏麟，人家很努力了。」妮妮笑著看著她的威士忌。「他可是從零件進步到十件呢。」

「零是所有數的無限多倍，所以那傢伙其實是退步。」瑞宏在螢幕上輸入。

呃，數學上來說不完全是這樣，但，可以這麼說……

森英無法反駁。

「今天的酒比較好呦，」妮妮又喝了一口。「這個月賺了不少？」

「只是今天剛好比較好的酒有剩。」宏麟說。「我賺的錢一毛都不會給你們。」

「唉呦，不分給我就不要把我胃口養刁，下次你再拿爛貨給我喝，我就喝不下去了。」

「老子的酒哪有爛貨！妳這……」

「好啦好啦，」妮妮只是擺擺手，宏麟就停了下來。「開始吧。」

森英看著這一幕，不禁開始好奇，明明打架就超強、脾氣也超暴躁的宏麟，為什麼總是被妮妮輕鬆擺個手打發？

「第一個委託：『採買電子器材，預算有限，但需要超出預算的東西』。」

「一分。」宏麟說。「沒見血也不耗體力才不算什麼咧。」

「1」瑞宏只打了一個數字。

因為這個委託是算在森英名下，所以妮妮也會參與打分數。

「妮妮妳也有幫忙……給個人情？」

「幫忙？哪有啦，不要這樣說啦。」妮妮似乎是已經有點微醺了。「根本就是我做的好嗎？你只是被我送了一次委託，還好意思。一分。」

「喂……」

但也沒錯啦。這是被施捨的，會吃閉門羹也是情理之中。

「下一個……『月底急需用錢，一千元以上佳』。」

「小姐來說應該輕而易舉吧……等等是小鬼接的？他媽的沒搞錯？」

「是我沒錯……」森英身子縮了一下。

「最好是。」瑞宏一臉不相信。

「這是真的呦，我知道這件事。」妮妮說。「好啦，看在你第一個不是被施捨的委託的情況下，兩分。」

「妮妮不要送分。」瑞宏一臉不喜歡的樣子。

「小姐你是在佛心三小啦！」宏麟則是氣到攤手。

「快點啦。」妮妮無視剩下兩個人的怒氣。

結果兩人都給了一分。

他們繼續對剩下的委託評分。這個月不知道為什麼，特別多情侶分手想要挾怨報復。因此大家也收穫滿滿。光是瑞宏，就有十五個「請駭掉我前男友／前女友的社群帳號」一類的委託。妮妮這邊則是各種偷走前伴侶的重要物品，從手機、錢包到車鑰匙等等，不勝枚舉。

但相對來說宏麟在這方面就吃虧了點。雖然是有暴力案件，但多半跟情侶沒什麼關係。也不會有人分手之後叫人來打自己前男友吧？會這樣做絕對有問題吧？

「在前男友摩托車上刮上『笨蛋』兩個字……這真的是我這輩子做過最輕鬆的委託了，哼哼。」

「可惡，這個委託老子他媽的差點搶到……爽缺欸這個，幹。」

「不要覺得你在搶委託上可以比我快呦？店長？」

「幹，他媽的剛好開著店不能一直看手機……一分啦，一分！」

「*1*」

「呃……一？」

「很好，你小子開始懂得怎麼他媽的在這裡混了。」

最後結算，森英毫不意外是最後，宏麟第三，而賺得盆滿缽滿的妮妮跟瑞宏對抗到最後一個委託，才由瑞宏險勝。

「瑞宏決定吧，懲罰遊戲。」妮妮說。

「啊，你小子又立了一次大功，很好。」宏麟說。

「打掃我家。」

瑞宏將這四個字打在螢幕上的瞬間，妮妮跟宏麟呆滯了一秒。

「喂喂喂，羅森英，你小子幫老子擋這次可是他媽的立了大功啊！」

「哇塞，你確定嗎，瑞宏？這很過分喔？這比我那次叫宏麟戴著搞笑眼鏡跟小丑假髮，開店一個禮拜還過分欸？」

「確定。」

「呼，還好不是我……」妮妮鬆了一口氣的反應看起來非常誇張。她用左手對著她的臉搧著風，另一隻手拿著威士忌杯轉著，眼神看起來好像躲過一次很恐怖的酷刑。

等等，啥？

不就只是打掃，情況能糟糕到哪去？

不，森英錯得離譜。

這不只是「糟糕」兩個字可以形容的，這是難以理解。

這間大概只有八坪大的出租套房幾乎沒有任何一塊地板露出來，全部被數量非常誇張的衛生紙、便當盒、飲料罐還有外送紙袋給覆蓋住。便當盒跟飲料罐很明顯根本清都沒清過，只是吃完喝完之後就隨手丟在那裡，裡面飄出來的過期食物味道全部混雜在一起，讓森英光是門被打開的剎那就必須往外逃走，大口呼吸新鮮空氣。

瑞宏只要他帶手套、夾子跟垃圾袋，現在看起來他應該連氧氣瓶都準備一下才對。

「清到什麼時候都可以，但沒清乾淨之前，不准離開。」

瑞宏現在沒有螢幕了，所以他是用傳訊息告訴森英這件事的。

到底為什麼可以安然無事地住在這種垃圾場？難道說「入鮑魚之肆，久而不聞其臭」這句話是真的嗎？那為什麼吸慣外面的空氣，從外面回到家的那一剎那，不會有種瞬間被臭到想清掉這些東西的衝擊？

喔不對，瑞宏除了共評大會根本就不會出門啊。

森英打開了第一個垃圾袋，把地上所有的衛生紙一坨一坨撿起來。

這不是什麼簡單的工作。首先，房間裡沒有任何的立足之地，森英最一開始甚至得開著門站在門外，才能清出一塊空間讓自己慢慢深入。再來，衛生紙的分布是以瑞宏房間深處的書桌為中心，越靠近書桌越多，而連門口都已經沒有位置了，書桌那邊根本是名符其實的垃圾山。

最恐怖的是，有些衛生紙是用過那面朝下，因此森英夾起來的時候還有機率遇到黏死在地上的衛生紙……而那種通常在費盡千辛萬苦拿起來之後，都不會是什麼好聞的東西。

森英現在完全覺得，只讓他在學生餐廳公開告白二十分鐘的妮妮是天使。

但打掃到終於能踏進房內時，森英卻突然發覺了一件事。

就在冰箱的旁邊有個櫃子，而那個櫃子卻是房間裡唯一的淨土，完全違反一開始那個以書桌為中心散布的垃圾分布原則。所有的垃圾像是被某種奇特的力量排斥開來似的，自動離開那個區域。

而就在那櫃子上放了一個箱子，裡面養了一隻皮膚是豹紋花色的壁虎。

森英不自覺地被吸引走過去，但手還沒碰到箱子，他的手就被一個鋁罐擊中。

瑞宏傳訊息說。

「不准碰他。」

「沒，沒有要碰牠……看看也不行嗎？」

「清完之後我考慮。」

瑞宏打開電腦繼續在螢幕前做事，而沒人搭理的森英只好埋頭清理房間。

先是將衛生紙、蟑螂屍體、食物包裝袋，或是一些不可名狀的奇怪物體（森英雖然不知道，但也不會想問清楚這到底是什麼。先不提瑞宏會不會回答，總覺得得到的答案絕對會讓森英後悔問清楚）全部裝進頭四個垃圾袋，綁緊，暫時放在房間的一角。然後森英將他視線範圍內的所有便當盒跟飲料罐全部蒐集起來，一個一個到廁所洗乾淨，接著疊起來歸類到回收。隨後將地板好好擦過一次，把那些因為食物沾黏，或是衛生紙用過那面朝下等各種奇葩原因而汙染的木地板，費心擦到至少看得出來是木地板的程度。最後在房間四處噴上森英中途實在受不了而買來的芳香劑，讓腐臭的食物味至少可以被蓋過去一點。

但其實也沒辦法蓋掉太多……森英雖然已經買了他找到的最好的芳香劑了，但畢竟芳香劑的設計人應該沒有想到，地表上會有間套房裡有著目測應該少說一星期以上的食物殘渣，真的效果有限的話也不能怪這芳香劑，它盡力了。

到底為什麼這裡的房東都不會對瑞宏生氣？房東知道這間房被搞成這樣嗎？旁邊的住客都不會聞到這味道之後，跑來看這裡到底是在製毒還是死人嗎？

這樣應該可以吧？

森英拿起手機看了一下時間。

不，其實也不需要看了。森英是十二點來這裡的，而前面的窗戶外面，是夕陽西下的天空。這代表他至少在這裡待了五到六個小時。

「很好。」

瑞宏似乎是看他停了下來，從桌子上站起來看了一下。

還好他的整潔標準似乎並沒有到很高，因為某種程度上來說這房間的異味還是沒消除。

「垃圾拿出去丟，你可以走了。」

「等等那隻壁虎……」

「守宮。你給我記好，這叫守宮。」

「喔……」

「不准碰牠。」

「我沒有要碰牠……只是想看看……」

「都在這待了六小時該看夠了，再見。」

瑞宏回完訊息之後便走到了守宮的飼養箱前面，開始靜靜地跟守宮深情對望。他伸出手指，隔著飼養箱的壓克力逗弄著守宮，眼中流露出溺愛的神情。
森英看得入迷。
原來……瑞宏也有這一面啊。
但瑞宏察覺森英在看之後立刻將溺愛的眼神收了起來，對森英擺擺手要他離開。
森英只好提著六大袋的垃圾加回收，離開了瑞宏的套房。
也還好，雖然是沒有電梯的老公寓，但樓下就有集中式的垃圾車，他可以丟了就了事。
費了九牛二虎之力將六大袋垃圾給丟進去，差點把垃圾車塞爆之後，他走出了公寓。
又餓、又累、又臭。森英這副模樣走在路上，絕對只比過街老鼠好一點。
看起來公車跟捷運雖然是可以搭，但絕對會被各種白眼跟側目。而這裡距離他租的套房不只要坐十幾站的捷運，還必須要在熙來攘往的西門站換車。要是中途不小心遇到了比較兇的路人，或甚至被報了警，絕對會是一件超級麻煩的事情。
唉，搭計程車吧。抱歉了各位運將，載到我算你衰。
森英走到街角，準備攔台計程車回家。但遠遠地，馬路的另一端卻有個熟悉的人影走過斑馬線而來。
那是子薇。藍色的襯衫配上短褲，頭髮用蝴蝶結綁成了兩條辮子。這種根本就是高中女生才會出現的裝扮，放在外表跟個性都非常可愛的子薇身上就是如此無違和，無違和到連森英都不相信她是自己的直屬學姐。
「咦？森英？」

子薇看到了森英，跑了過來。但就在距離森英還有大概三步的距離的時候，子薇停了下來。然後她轉成了一個即將哭出來的表情。

喂喂喂不是，這裡是大庭廣眾之下啊！把一個外表看起來未成年的女生弄哭，這誤會絕對超級大的！跳到黃河也洗不清啊！

雖然黃河本來就很髒，森英也不覺得跳下去洗得乾淨。

「好臭……」

「抱歉！子薇妳別哭啊！」森英慌忙地說。「還有別站在那裡！要綠燈了快躲進來！」

子薇聽到這句話後跑到了他身邊。當然，是忍著這股惡臭過來的，表情自然不會太好看。

「森英怎麼會在這裡？」子薇問。

「喔……幫朋友打掃……」

「喔……」子薇捏著鼻子。「擬挨針凹因。」

「我聽不懂。」

「你還真好心……」子薇放開捏鼻子的手當下就皺起了眉頭。「不行……好臭喔……」

「嗯，現在正在準備攔車回去……」

「嗯……這樣計程車司機先生好可憐喔……」

「也沒辦法啦。」

「有啊，來我家。」子薇說。「我把我弟弟的衣服借給你，身材看起來差不多……感覺可以……」

嗯啊聽起來是個不錯的方案……

咦？

去子薇家?!

「啊啊啊不行啦！」

「為什麼不行？我爸媽跟我弟都不在喔。」

「不是，那才是不行的原因好嗎?!」

「沒關係啦。森英看起來很可憐，身為學姐我要幫忙一下！」

子薇驕傲地手插著腰。

等等，這代表……臉紅心跳的訪家環節，難道真的要上演了嗎？

「打擾了……」

子薇的家在這附近的一棟新建的電梯大廈的七樓。整體的裝潢走白色系，主要的燈都是暖色光，微黃的燈光增添了幾分雅致。米色的沙發看起來非常乾淨，棕色的茶几上面放著一小叢盆栽，可以感覺出來這間房子的主人應該是個很有品味的人。

應該把這裡拍下來傳給瑞宏，告訴他這才叫做家該有的樣子。

子薇開門之後領著森英到了浴室。

「進去吧！」

「等一下，衣服……」

「森英先趕快去洗澡啦，不然我要被臭死了！」

「好……抱歉……」

臭到這種境界卻還讓森英來到她家，子薇還真是好心……

森英走進浴室。他迫不及待地把一身腐臭味的衣服脫下，全部暫時丟在地上。然後走進乾溼分離的淋浴間，轉開水龍頭開始洗澡。

不得不說，辛苦的工作之後的澡真的是最幸福的。不只是臭味被洗掉，彎腰在地上撿了六個小時的垃圾所累積的疲勞，也在溫度剛剛好的熱水之中被沖洗得一乾二淨。

「森英——」

突然子薇開了浴室門進來。

「哇啊！子薇妳講一下再進來啊！」

要不是淋浴間的玻璃不會完全透光，森英應該已經被看光了。

「喔……反正又不會被看光光……」子薇天然呆的聲音從門後透出來。「衣服我幫你放在馬桶蓋上面喔，然後髒衣服我就拿走……嘔！」

「子薇?!」

「好臭……」

對不起子薇，我不能開門出去救妳……請妳忍到它們進去洗衣機為止，然後把所有的錯怪到無惡不作俱樂部身上吧。

森英正要找洗髮精，卻發現整間淋浴間沒有任何的瓶瓶罐罐。

「子薇？洗髮精在哪？」

「咦？在洗手台這邊喔，我拿給你——」

「喂喂喂等等！」

太遲了，子薇完全沒有想過這時候的森英絕對是全身沒穿衣服的狀態，就硬是把門拉開。然後結果就是……

「啊……」

「啊……」

尷尬了。

「……給你。」子薇別過頭去，拿著洗髮精的手直直伸出。

「嗯，嗯。」森英接過洗髮精。「謝……」

森英的「謝謝」還沒說完，子薇就快速把門拉上，然後衝出了浴室。

不是，被看光的是自己欸，子薇妳在尷尬幾點的啦？

「唉……」森英只好繼續洗澡。

過了大概十分鐘，將自己身體徹底清潔過一遍，確保臭味完全消失並且還帶著點香味之後，森英步出了淋浴間。子薇幫他選了和他原本穿的差不多款式的換洗衣物，大小還真的蠻適合他的。

穿好衣服之後森英走出了浴室，子薇正蹲在洗衣機前，看著裡面的衣服轉啊轉的。

「謝了，子薇。」

「啊，森英……」

子薇想必還在為了剛才的事情感到尷尬，她不敢直視森英。

「啊，那個，我不在意……」

「嗯……好吧，抱歉我忘記了，結果把你看光光了……」

「不……」森英也不知道該說什麼。「那……我走囉？」

「咦？等等啦，我們家有烘衣機，洗完烘完再讓你帶回去就好啦。」

「喔，喔好啊……」

等等。正常來說洗衣服加烘乾的時間差不多是一個多小時。所以……

跟自己的直屬學姐共處一室一個多小時……而且沒有其他人在……

慘了，此處應有本，森英不敢繼續想下去了。

「森英留下來吃晚餐吧！」

「咦？」

「反正要很久啦，我弄點東西給你吃吧！」

子薇的廚藝怎麼樣？森英有點期待又有點害怕，畢竟平常的子薇呆到一個有點恐怖的程度，不知道廚房這次能不能全身而退。

但子薇的盛情邀請已經丟出來了，不答應又要待在她家確實有點怪怪的。

「好啊。」

「嘿嘿嘿，等我一下！絕對會端出好吃的東西！」

子薇跑進廚房，而森英在飯桌坐著等。飯桌就在廚房的旁邊，而且中間完全沒有任何東西擋著，因此森英可以直接看到子薇的動作。她熟練地穿上圍裙，然後從櫃子裡拿出一包義大利麵，再從冰箱裡拿出一塊起司、三顆蛋、一包培根跟一塊奶油。

先是燒水煮麵，子薇將鍋子裝水之後放在電磁爐上加熱，同時開始處理蛋。她輕輕在碗緣將蛋敲破，單手就將蛋殼掰開將蛋打進碗裡。然後她用超快的速度打蛋，之後加入磨好的起司、黑胡椒混合。

這個架勢……有宏麟的感覺啊……

森英不禁看得入迷。

這就是成家的感覺嗎？原來妮妮那邊沒成功，居然換成子薇這邊了嗎？

另一個爐子也沒閒著。在蛋的部分結束之後子薇將麵放進滾水中，同時另一邊放上一個平底鍋加熱。等鍋子熱的同時她將培根切好，在平底鍋中倒入橄欖油，然後將培根下鍋。煎的同時，子薇稍微撥了一下頭髮，那專注的神情，完全無法想像跟平時天然呆的葉子薇是同一個人。

哇喔……這就是反差萌嗎……

「子薇……？」

「你等一下啦，快好了！」子薇的聲音少了平常可愛，多了一分的認真。

連說話的語氣都完全不同了。現在的子薇完全擁有專業廚師的氣勢。

子薇舀了一杓煮麵水加進平底鍋，同時放入奶油繼續煮。奶油的香味搭配培根飄在整間房子裡，把森英的期待感再堆高一個層次。過幾分鐘之後，她將平底鍋裡的醬汁慢慢倒進剛剛處理好的蛋，一次一點點，最後完成了醬汁。最後一步，她將麵撈起放進醬汁中，快速拌勻，讓醬汁均勻裹在麵上。最後裝盤，灑上黑胡椒。

整個過程流暢到簡直媲美專業廚師。要是能夠讓她跟宏麟一起煮菜，絕對能做出超棒的一整桌料理……

不，不對，應該不可能會是什麼正常的狀況。子薇會先在進廚房前被宏麟罵哭，然後把事情搞砸的。

「嘿嘿，葉子薇自製的培根蛋奶麵！」

「看起來超強的……」

「別的不說，廚藝我可是很有信心的！」子薇放下兩盤麵之後驕傲地雙手插腰。「嚐嚐看吧！不好吃不用付錢！」

「等等這要付錢的嗎？」

「啊……好像本來就不用……」

森英捲起麵吃了一口。

一入口他就嚇到了。麵的硬度剛好，非常彈牙，其上所包裹的醬汁融合了所有食材的味道，奶油的滑順跟著蛋汁的香甜、隨後而來的是培根的焦香，而黑胡椒則扮演著在這種柔順的口感中，偶爾跳出來的驚喜的效果。

太猛了。簡直太猛了。誰會相信這是子薇做出來的啦？

「嘿嘿，好吃嗎？」

「好吃……我好幸福……」
「欸嘿嘿人家會不好意思啦……」
兩個人開始享用子薇的手藝。
「喔對，我突然想到，子薇在教授那邊做得怎麼樣？」
「……不怎麼樣。」
子薇的態度像是不想談這件事。
「咦？」
「就，不怎麼樣。」
「好吧……抱歉……」
畢竟森英也有耳聞一些學長姐跟自己的指導教授極度處不來，但因為畢業權限在教授手上，頭都洗下去了只能硬著頭皮幹。可能子薇也是屬於這種情況吧？
那家聚那天子薇可真是辛苦啊……跟實驗室聚餐根本沒兩樣的家聚，還去做個場面真的是蠻痛苦的事情。
「不聊這個啦，森英跟黃妮妮——」
「沒下文，不用問。」
「怎麼可能？人家看過你們一起聊天欸。」
「如果聊聊就可以當男女朋友，那我現在是實質上的腳踏兩條船。」
而兩個人就這樣一起吃麵、聊天，度過了衣服洗好之前的時光。

在那之後，接委託幹壞事的日常又回來了。森英依然奮力地各種搶委託，雖然辛苦，但是現在他至少大概知道哪些事情自己做得到、哪些又做不到。

好吧，這是比較心靈雞湯一點的講法。

實際上的講法是——

「啊啊啊啊搶不到委託啊！」

雖然大概知道自己可以往哪個方向去努力了，但無奈手速就是比不過任務範圍跟自己完全一樣的妮妮，因此整體來說，森英還是過得很崩潰。

「加油啦，哼哼。」在他對面的妮妮說。「雖然是這樣說，下次我也不會讓給你的。」

「拜託妳手下留情啊……」

兩個人一起在「16毫米」吃著午飯。在胃口被宏麟跟子薇聯手養刁之後，森英現在覺得學生餐廳的食物都等同於廚餘。要不是晚上的「16毫米」要付錢，價位還很不幸地以學生來說很高，他大概會三餐都來這裡報到。

森英完全可以理解，為什麼每天中午都可以在這裡見到妮妮。免費的高級餐廳食物，還幾乎不會吃到重覆的料理，沒有不來吃好吃滿的理由。

雖然宏麟的火爆發言依舊，但在連續來了兩個禮拜，森英開始會習慣性將宏麟口中的髒話給過濾掉，音量也可以在腦中自動調小，因此他漸漸地可以正常應對宏麟。

「喔？新委託？」妮妮滑著手機的時候突然說了一句。

森英同時也開著委託網，因此他也看到了。

「請讓我明天不能去考試」。

「嗯……看起來是可以，但要怎麼做呢……」妮妮歪頭思考著。

「這委託老子要了，」宏麟突然說。「就約出來把那傢伙打進醫院就好。」

「不行！這樣我也要搶。」妮妮突然急了。

「小姐你搶了又沒辦法做，你要把悠遊卡偷走然後讓他沒辦法準時到嗎？」

「哼哼，我可是很有辦法的，才不需要擔心……」

妮妮的眼神拉回手機螢幕，然後轉為呆滯。

吧檯那邊的宏麟也一樣。

因為那個委託現在的狀態是藍色的「處理中」，而搶下這個委託的，正是剛才在一旁看著他們兩個人爭執的森英。

「你小子！又他媽的搶了老子的委託啊！」宏麟的爆怒吼聲傳來。

「喔？不錯嘛。」妮妮卻是表達讚賞，雖然這個讚賞帶了一點酸的意味在裡面。「具體來說你打算怎麼做啊？」

「具體來說……」

不能出席一場考試的原因有很多。事假、病假、公假、喪假等等。只要製造出一個請假的理由，就可以讓委託人合理地避開考試。

而其中最簡單的可能是病假了。現在最後的問題是要怎麼……等等。

森英靈光一閃。他抬起頭面對妮妮。

「我要下毒。」

「喔？」妮妮的眼神一亮，透露出藏不住的興奮與邪惡。「聽起來很有意思欸，宏麟你覺得呢？」

「隨便那小子想怎樣幹，老子現在還在不爽委託被搶。」宏麟說。「老話一句，你小子敢搶就要做到好。再像上次一樣要老子救場，老子可不奉陪。」

「好，那我就去辦了。」

「森英。」

突然妮妮叫住他。

「嗯？」

森英看向妮妮。妮妮露出了一個微笑，她那美麗的黑色眼瞳透露出了高興的神情，牢牢吸住了森英的目光，讓他久久無法轉開頭。心跳開始加速，臉頰開始脹紅，身體快要不聽使喚。明明已經跟妮妮認識了一個多月，還幾乎每天見面，但這個微笑卻又瞬間讓他想起第一天落水被救，在病房中初遇妮妮的當下。

「找到了嗎？『只有你能做的壞事』？」

「我想是找到了。」

「去吧，祝你好運。」

森英走出了「16毫米」。而就在步出去之前，他隱約聽到了宏麟跟妮妮的對話。

「老子真他媽不懂小姐妳為什麼對那小子這麼好？」

「我有我的考量，你就等著看吧。」

森英一路狂奔到化學系館。

要說讓一個人請病假的方法可以有很多。食物髒掉發霉，或是隨便丟點細菌進去都是很合適的做法。但這些東西，不只以森英手上的技術很難做到精準調控配量與時間，真的壞掉的食物味道想必也不會好到哪裡去。

雖然某種程度上來說會發這種委託，應該是不計一切代價都想要躲掉這次考試，但是給委託人吃放了一週而餿掉的食物什麼的，森英真的是想都不敢想。

所以森英決定從自己的化學本科下手。

不管是吃下過量香料、有害的防腐劑、色素、重金屬，或是各種奇特的添加物，都有可能造成腸胃不舒服，進而導致化學性食物中毒。或甚至如果能調配某些藥物，使得吃下去的人出現咳嗽、發燒等等流行病的症狀，請病假又會更容易些。而相對來說因為製備毒素這邊是比較可以調控毒素的量，雖然同種毒素對每個人的反應應該都不太一樣，但看這委託也沒說一定要在哪天之前恢復，森英還是能大概估算給對方的毒素量。

接下來，就是找個實驗室了……系上的實驗室通常是不歡迎外人的，出入管理得非常嚴格。原因其實也可想而知，畢竟化學系的實驗室內含的藥品數量，隨隨便便都可以殺死一個搞不清楚情況的路人。沒有教授或認識的學長姐，蒙混進去根本就不可能。

「啊。」

不對，說到實驗室，不就有這麼一個實驗室，對他敞開著大門嗎？

森英走上了三樓，敲了敲走廊旁邊寫著「３０６」房號的門。

門開了。

「森英？」

應門的是一個全身包得緊緊的人。除了實驗室必備的白袍之外，她還戴著一雙巨大的塑膠護目鏡，下面是一個活性碳口罩。頭髮用馬尾綁在頭後方，下面踩著的則是一雙橡膠靴子。

本來森英還不知道這是誰，但看著她的身高，森英馬上有了反應。

「子薇？」

「啊，咦？」子薇歪頭問。「這樣你認得出來喔？」

「子薇妳身高很有特色啦。」

「吼呦！森英你怎麼這樣啦！」

「我可以進去嗎？」

「進去……為什麼？」

「想看看啊，直屬學長學姐們不是都在這裡嗎？」

「嗯是啊……」子薇低下了頭。

「怎麼了？」

「……嗯沒事，要記得穿好防護用具喔！」

子薇快速地跑進去，而森英在門口穿好所有防護衣物之後，才走進了實驗室。實驗室有著轟轟的背景噪音，來自角落的一個巨大的抽風櫃。抽風櫃裡看起來很凌亂，散發出一種生人勿近的樣子。實驗桌及前面的架子上放著各種藥品罐，還有好幾個燒杯跟錐形瓶。每一個瓶瓶罐罐上都貼了標籤，標示出這是什麼藥品，以讓搞不清楚狀況的人，至少不會將它傻傻地亂動。

「要……要帶森英，參觀一下嗎……」

不知道為什麼，子薇的語氣有點無精打采的。

「啊，不用……我可以自己看看？」

而且森英這次進來是想要準備委託用的，有子薇在反而會不方便他行動。

「嗯嗯……那我在那邊做我的事情喔，抱歉啦，我的進度有點延遲，剛被教授念了……」

「啊啊，好……」

看著子薇這副快要哭出來的樣子，還真的對她很心疼……

森英伸出手拍了拍子薇。

「咦？」

「加油啦，子薇。」森英說。然後他看見了一旁想必是信修學長的座位上，那張黑底黃字的卡片，當著子薇的面指了一下那張卡片。「『無惡不作俱樂部』的成員也在看著妳。」

某種程度上來說是對的沒錯啦。

「嘿嘿嘿，我有高興一點啦。」子薇又笑了一下。「嗯，打起精神來吧！」

子薇回去工作之後，森英找了張空桌子，在腦中演練了一遍化學式。

自己可不是因為分數到了來唸化學系的。化學可是他高中最好的科目。

他回頭面對琳瑯滿目的藥品櫃，迅速抽出了幾罐藥品，按照預想的濃度配出溶液。其中一瓶乙硫醇因為含有有機硫的關係，會有很恐怖的臭味，為了不要讓其他人發覺森英自己在動手腳，他將那個錐形瓶給放進抽風櫃裡。他將另外幾種溶液混合，等著反應一段時間，然後著手準備加熱台。

經過了一段時間的混合、攪拌、加熱，並確定所有有味道的東西都被揮發掉之後，森英製造出了一種無色無味的溶液。

這溶液透明得就像是水，湊近去聞也不會發現異狀。但只有森英知道，這罐不到一百毫升的溶液，就是他接下來一個月在俱樂部維生的王牌。只要一小滴，搭配物理上的加溫——像是蓋著棉被睡覺一段時間——就可以讓吃下去的人產生發燒的效果，但藥物的殘留時間又短到患者當天晚上就可以出院離開。加上一年前令人人心惶惶的變種病毒，最大的特點就是感染後會發燒。現在的學校只要附上體溫超過三十八度的溫度計照片，就可以換到一張假單。

森英開始佩服自己。

他將這罐珍貴的溶液裝在一個小瓶子裡，趁著實驗室還沒有人過來之前，收進自己的口袋。然後他快速地毀屍滅跡，將自己用過的藥品全部放回去，所有玻璃器具洗乾淨放回原位。

「子薇？」

森英本想走過去關心子薇，但子薇在自己的電腦鍵盤前睡著了。

「鐵基錯合物的激發態分子內……」

森英看到這就看不下去了，這還是森英用自己的化學知識，從英文標題翻譯過來的。這想必是子薇一直在忙的東西，其中理論的深奧讓森英也不免感到佩服。下面的三條黑線的光譜、一條回歸出正比的圖表及各種觀察得到的化學式等等，更是複雜得難以一眼就看懂。

子薇還真的是學霸啊？原來呆只是一種屬性，不代表笨啊？

子薇一時半刻看起來是會繼續睡。雖然實驗室照理說不太適合睡，但森英也不知道該不該叫醒她。便將為了要做成防火，因此材質還不錯的實驗白袍蓋在子薇小小的身體上，然後便離開了。

當天深夜。

森英在下午上課之前祕密地在樓梯間，某個攝影機拍不到的死角，將溶液跟他買來的炒麵麵包加在了一起。

而現在，森英帶著炒麵麵包，來到工學院大樓三樓的集體置物櫃前。

幾個小時前吃晚飯時，森英跟妮妮表達需要面交委託用的道具的事情，妮妮便給了他一把萬用鑰匙，一顆大小像是大衣鈕扣的黑色物體，跟一張「**無惡不作俱樂部　向你致敬**」的卡片。

而這次換成森英自己對委託人發號施令了。

第一個指令是從委託網發的：「在工學院大樓待到深夜，到B樓梯的最底下，找一張有著黑色邊的白色紙。將紙加熱之後遵從上面的指示。」

用溫度區別墨水顯色的辦法，算是化學系的拿手好戲之一。很簡單地利用升溫就會顯色的道理讓委託人幫紙張加溫，再選用很容易燒起來的紙質，就可以達成閱後即焚的效果。

森英算算時間，用萬用鑰匙打開編號４７３的無主櫃子，把麵包放進去，下面壓著那張俱樂部的招牌卡片之後，關上櫃子。便一路往下走到地下二樓，往B梯的方向過去。

果不其然，委託人已經等在那了。紙張爆出一陣火焰的瞬間，森英便知道，那張紙已經達成了它的職責，而森英也啟程往下一個地點前進。

下一個指示是「到二樓的女廁，三秒內敲第三間的門三次，然後照鏡子」。

好吧，剛才火光出現的時候沒看清楚。但如果委託人是男生，這指示真的很抱歉。

如果一切順利的話，這時候那個像是黑色鈕扣的東西會聽到這三聲敲門聲然後啟動，就像是Siri一樣被喚醒，然後往鏡子上投影出大大的「４７３號置物櫃」這幾個字。

瑞宏的器材不會出錯。因此相信這點的森英直接來到置物櫃旁邊的空教室，隔著門縫直直看著放滿置物櫃的走廊，等著委託人走過來拿走麵包。

森英死死地看著外面。視野非常地小，他只能看到擺滿置物櫃的走廊，而這走廊是條死胡同。也就是說他只能從腳步聲判斷有沒有人來。更恐怖的是，半夜的工學院大樓只有少少幾盞燈還開著，而森英所在的教室沒有開燈，感覺就很像是某種鬼片場景。

瑞宏的器材不會出錯。

但要是森英設定錯了呢？

萬一投影出來的不是「４７３號置物櫃」呢？萬一委託人不理解「４７３號置物櫃」的意思呢？萬一他猜到是置物櫃，但因為跟這裡不熟所以繞了老半天呢？

這不是森英第一個只有自己能做的委託，之前的破壞數據才是。

這也不是森英第一個委託，偷錢變成借錢那個才是。

但這絕對可以說是森英最緊張的一次委託。他第一次自己設置這些東西，尤其又是在半夜，俱樂部其他成員來幫忙的機率微乎其微。況且夜晚的學校不是只有森英跟委託人，萬一有個什麼其他人闖進來壞了好事，不只是森英會有大麻煩，俱樂部也會遇上前所未有的大問題。

然後過了幾分鐘，一陣匆匆忙忙的腳步聲出現。

終於。

那個看不清楚是誰的人衝到了４７３號置物櫃前，打開，拿起了某樣東西，然後拔腿就跑。

森英全程都屏住呼吸，完全不敢喘一口氣，可能比委託人本人還要緊張。過了很久很久之後，森英才終於大口喘了出來。

但他還是不敢喘太用力。事情還沒結束。

森英走出門外，四下張望了一會發覺沒人，然後開了４７３號置物櫃。

卡片跟麵包都被拿走了。

森英鎖上置物櫃，然後準備上委託網宣告任務成功。

然而，就在他打開委託網時，他卻發現委託網出現了一個小小的更新：

首頁出現了一個「裝病專區」的按鈕。

森英知道，他鹹魚翻身的機會來了。

# 第六章 ⚜ 競爭與合作

「裝病專區」的更新發布之後，無惡不作俱樂部的業務量呈現直線上升。畢竟誰都會有想要請個假的時候，不單是指想翹掉必須點名的某些冗課，甚至有很多想要推掉家庭聚會的、早上起床想放女朋友鴿子的、等會要跟指導教授一對一開會卻只想躺在家裡的，種種奇葩的請假原因，都可以在委託網的「裝病專區」看到。

但對森英來說，想請假？沒問題，來一個加料的麵包。委託人得到了假期，森英得到了委託績效點，雙贏。

但這也是在森英的「惡作劇溶液」用完之前，才有雙贏這回事。

裝病的業務量到底有多大？森英每天最少會送出三到四個麵包，最高紀錄甚至曾經一天七個。到了最後森英甚至不只送出麵包了，因為如果每天都去學生餐廳的麵包店搜刮麵包的話，不出一個禮拜店員就會記得自己的長相。接著森英俱樂部成員的身分被起底，也絕對是遲早的事情。

而且更糟糕的是，這股請假風氣延燒到了系上。好幾個教授開始懷疑為什麼最近課堂的出勤率越來越慘，縱使已經強制點名了，卻總是有一大堆學生請病假。

欸不是啊，教授，你要知道，你教得爛才是請假率暴增的根本原因。如果你教書可以跟那些YouTuber一樣有趣，誰會想千方百計翹掉你的課啦？

「還這麼多學生請假啊。」森英這堂課的教授看著點名單喃喃念著。「我才不相信最近還有之前那種病毒……這兩週學校都消毒過幾次了？」

「哼，要不是這糟老頭的課要點名還算成績，會有幾個人來上啦。」森英旁邊的男學生小小聲地說道。

「也好想吃一個加料的麵包喔，這樣就可以順理成章溜掉了。」另一個學生說。

「無惡不作俱樂部太懂人心了，怎麼可能有不想翹的課啦。」第三個學生說。

雖然說的確是這樣……但森英已經陷入了很大的麻煩中。

系主任下令清查實驗室的人員進出紀錄，想要抓到森英的小辮子。也因此森英已經一週沒有任何辦法補充「惡作劇溶液」，礙於不能一口氣讓藥品消失太多，以免讓子薇跟教授起疑，森英也不可能一次做到一個月的用量。現在他手上的溶液量，大概只夠再撐個兩、三天。

鹹魚翻身的機會也只是曇花一現嗎……

森英看了一下手機。

「森英要來實驗室玩？」是子薇的訊息。

「嗯嗯……可以嗎？順便吃妳說妳做的司康餅？」

「實驗室不能吃東西啦！」子薇回覆。「為什麼你最近這麼常來啦！」

就我需要溶液做壞事啊……不然看看俱樂部其他幾個人恐怖的業務量，不做點事的話，森英十一月共評大會又會被洗臉一次。
但當然不能跟子薇說這些。
「就……想吃妳做的東西？」
一部分也是，但如果吃東西同時能搞到些溶液，狀況就會好很多了。
「好啦，待會見。」
森英收起手機繼續上課。
過了不久，終於下課了。這課還真的是有夠無聊，說真的如果不是要點名，台下大概不可能會有任何學生。連助教講解的習題課出席率可能都比較高，至少助教講的東西比較好理解一些，而且考試還真的會出現。
森英來到了306室，一進門就看到子薇正在電腦上打字。
「森英！給你看，葉子薇特製巧克力司康！」
袋子裡的司康餅有著均勻的巧克力色，還可以看到一些巧克力塊鑲嵌在其中。光是看到，森英就已經口水直流，迫不及待想要拿一個來吃。
但實驗室不能吃東西。可惜，不然就可以拿這當理由再配一次溶液了。
「看起來好棒……」
「欸嘿嘿，人家一時興起做的，本來差點要發交流板賣掉的……」
說實在以子薇的手藝，賣掉也不錯吧？
不對，賣掉森英就無福吃到這麼棒的點心了。

「我們出去吃吧！」

「好啊。」

兩個人到了系上的交誼廳。這時間有幾個人正在裡面玩桌遊，有一兩個人在角落的插座附近用電腦。遠處有對情侶無忌眾人的眼光放著閃光彈，不至於到太惱人，但確實引來很多側目。

不過對森英來說不成問題就是。他今天可是有愛心司康餅呢。

「你吃吃看！」子薇找到一張桌子，拉著森英坐下之後就塞給他一個司康。

「嗯……」

森英咬了一口。

巧克力的味道甜而不膩，搭配餅皮本來就有的鬆軟香味，偶爾咬到的黑巧克力又用苦味添上一抹特別的香氣。

但其實森英在吃之餘，卻一邊在思考要怎麼騙過子薇，讓自己吃完之後可以溜進實驗室。

罪惡感很嚴重，但這也沒辦法，森英也有很多的苦衷啊……

「好吃嗎？」

「妳整包送我好了，我可以接下來三天都吃這個。」

「欸嘿嘿……」

子薇的臉頰紅了一下，看起來很滿意這個稱讚。

「那實驗室……」

「喔呦不行啦，」子薇說。「除非你變成教授的學生，不然不行啦。」

「喔……」

「嗯……」子薇似乎欲言又止。「也可以不要啦，當教授的學生。」

「咦？」

「沒有啦沒有，我什麼都沒有說……」子薇卻趕緊否認。「啊，最近實驗室門禁很嚴。帶你進去的話，會被念的啦……」

「好吧……」

既然不行的話……那森英也就只能問問看其他人了……

「哈？為什麼老子非得幫忙啊？」

「16毫米」，當天中午。

別無他法的森英只能尋求俱樂部其他人的幫忙，但發訊息給瑞宏已讀不回，告訴宏麟這件事也只是換來他的白眼。

「我只是想問問你有沒有認識的人有這些東西……」

「沒有，完全沒有。別來煩老子。」宏麟一邊擦杯子一邊說。「再說，你小子接不了委託墊底，是你小子自己的問題啊。去煩別的實驗室也好，總之別來煩老子。」

森英回到自己的位子上。

「午安——」突然大門被推開，一個清純的聲音傳了進來。

「小姐今天老樣子嗎？」

「老樣子呦，紅酒多一點好了。上次的巴西里不錯，可以多放點……」妮妮大步走進店裡。

「咦？這不是森英嗎？好久不見囉，哼哼。」

最近因為忙委託的關係，森英總是很難在中午十二點準時到「16毫米」報到。也因為這樣錯過了很多次跟妮妮的見面機會。

「看你最近蠻努力的樣子，這個月應該不會墊底囉？」

「不知道……」

「喔？什麼不知道？」妮妮問。「不是都已經幫你特別開了一個『裝病專區』了嗎？而且我看最近學校的學生出席率掉很多呦，多虧了你，大家都可以好好地想放假就放假了呢。」

「問題就出在這……」

森英把系上教授開始嚴密監視實驗室出入的事情告訴妮妮。

「這小子居然想要老子幫忙他找新的實驗室，真的是笑死人了。」宏麟在後面說。「道上什麼都有，就是不會有什麼實驗室。」

「有試過騙其他人嗎？」妮妮問。

「認識的都騙不過了，不認識的就不用想了吧……」

「哼哼，也是呢。」妮妮說。「瑞宏呢？」

「發出去已讀到現在一個小時了都沒回，」森英說。「看起來他沒覺得我浪費他十秒看訊息已經不錯了。」

「他確實是這樣沒錯……」妮妮喝了口水。

森英嘆了口氣。

「話說啊，」妮妮突然說。「那個是什麼啊？」

「咦？」

「你旁邊那個袋子。」

「喔，這是……」

森英將袋子打開。

然後他腦袋瞬間一遍空白。

等等，裡面的司康餅呢？

「就說了你心態要準備好。在我身邊沒被偷過幾次，你大概是不會怕吧？」

妮妮拿出剛才不知道藏在哪的巧克力司康，在森英面前晃了晃。

「喂……別亂拿別人的東西啊……」

「上面又沒有寫你的名字，而且看起來很好吃啊。」妮妮說。「怎麼？有喜歡的女生送你的？才幾天沒見面，就忘了當初救你上來的我？」

「妳在說什麼啦。」

「開個玩笑而已啦。」妮妮說。她咬了一口司康，臉上洋溢著幸福的微笑。「啊——森英送的司康餅還真好吃，真棒。」

「那才不是我送的咧！那明明是妳偷來的！」

「對我來說沒放在保險箱裡就叫做送喔？」

「太可怕了啦！」森英吐槽。「還有那是我直屬學姐做的，妳就這樣吃下去了?!」

「唉呀，剛剛還否認呢。」妮妮笑著說。「果然是女生送的，恭喜啦，哼哼。雖然她的心意現在在我的嘴巴裡就是了。」

「我們沒有在一起也沒有喜歡對方！妳誤會了，誤會很大啊！」

「啊，那我收回我的恭喜。吃下去的司康要吐出來還你嗎？」

「不用。」

就算是校花的嘔吐物也還是嘔吐物，並不會因為是妮妮吐的，就變成香的。

「那我就整個吃掉囉——！」

「好啦⋯⋯」

妮妮繼續咬著司康餅。每咬一口，她臉上的幸福神情就會再更加濃厚一點。她享受地閉上眼睛，嘴角忍不住上揚，並且發出「嗯——！」的聲音，讚嘆這個司康餅的美味。

但看在森英的眼裡，只會因為那本來是他應該要吃的司康餅、他應該要有的幸福感，而感到非常嘔氣。

過了不久，妮妮吃完了。她甚至舔了舔自己明顯做了美甲的手指，把最後一絲巧克力的味道舔乾淨，臉上的表情非常滿足。

「好吧，看在你送我這個司康的分上，你就等我的好消息吧。」

「喂，那才不是送妳的⋯⋯欸？好消息？」

「剛才不是有人說要用實驗室嗎？」

「咦……？」
等等，妮妮要幫忙？
「別看我是財金系的，我要幫忙的話也是很有辦法的呦？」妮妮笑了一下。「哼哼，好啦。既然這樣我要去忙了……宏麟！我的千層麵幫我改成外帶呦！」
「妮妮……」森英看著她，突然感到些許的不好意思。「就，先謝謝妳……」
「要感謝我還太早囉。」妮妮說。「搞不好我等一下興趣就沒了呢。再見啦！」
妮妮走到吧檯，拿走了她的外帶之後離開了「16毫米」。
這女人……到底是天使還是惡魔？

暫且先不管到底妮妮想做什麼，十一月共評大會就在妮妮沒有好消息之下到來了。
熟悉的包廂，熟悉的成員們。
「啊——」妮妮一臉不悅。「這個跟上個月那杯也差太多了，宏麟。」
「老子的酒沒有爛貨，不喜歡是小姐妳的問題。」
「先把人家的胃口養刁之後，再逼人家付錢買更貴的。」妮妮說。「對我跟森英都很殘忍呢，哼哼。」
「你小子……？」
「……其實，妮妮也沒說錯。」森英鼓起勇氣說。「吃過這邊的免費午餐之後，學生餐廳不管哪家吃起來都跟廚餘一樣……」

「小姐的午餐我是認真做的，只有你小子的是從廚餘桶挖出來的。」
「嘔！」
靠北啊等等，不是吧？這是在開玩笑吧？
「宏麟別嚇他，人生中吃到最好吃的東西是廚餘，這有點太衝擊了呢，哼哼。」
「喂……」
雖然已經習慣這三個人都不是什麼好人，但自己被虧的時候還是會不自覺認真……
「開始吧。」妮妮拿著酒杯的手指著螢幕。「先從新開的『裝病專區』開始吧，來看看……」
「喔，四十五件裝病委託，你小子很夠力的嘛。」
如果不是前面沒有這個「裝病專區」，後面又沒有溶液可以用，委託數絕對可以再往上提升的。
「既然手法都一樣那就不用提了，開始打分數吧。」
「一分。」
「最一開始會有這專區還是從老子手上搶走的呢，一分。」
「雖然很不服氣但是……」妮妮停了一下。
森英看著妮妮，後者微醺的雙頰露出非常美麗的桃紅色。她對著森英微微笑著，似乎是要給森英來點獎賞——
「一分。」

「喂，把我的期待還來啊！」

「才沒有什麼期待呢，你要是不努力繼續下去的話，墊底我也不會手下留情的呦？」

「小姐，妳對那小子太好了啦。」

「妮妮不公平。」

「不管啦，繼續啦繼續，『裝病專區』看完了……」

「咦等等？」

不是有四十五個委託嗎？這才看完第一個欸？看完第一個就可以收工了嗎？

「嗯？怎麼了？」妮妮問。

「還有四十四個……」

「所以我們剛剛不是說了，手法一樣就不提啦，四十五個委託一起評分。」妮妮說。

「你小子這個月暫時是四十五分。」宏麟說。「他媽的，這是老子要最後的意思了嗎？」

「哼——我來想想要叫你做什麼呦——」

「小姐你這樣真的很可怕！」

所以也就是說，既然大家的委託橫豎都只會給一分，所以乾脆節省時間嗎？

那這樣的話，要在俱樂部活下來的最好辦法，就是以做壞事的量取勝。只要完成的委託量一大，就算最後績效點全部都只拿一分，也絕對會立於不敗之地。

但真的只能給一分嗎？有沒有機會通融一下呢？

「『讓我的期中考成績變成九十分』——這是我接的。」妮妮說。

「如果老子還在當學生的時候，也能考爛了就他媽的丟這種委託就好了，一分。」

「一分。」

「呃……可以給一分以外的嗎？」森英決定還是試探一下。

妮妮抬了一下眉毛，沒有說話。

宏麟扳了一下手指，發出很大的喀一聲。

瑞宏則是用冰冷的眼神，從螢幕另一端投射過來。

「好好好……一分……」

看起來是真的。

不過剛才妮妮看森英的眼神……似乎不是那麼反對他真的給一分之外的分數？

但就算妮妮同意，剩下兩個人大概還是會動用私刑吧……所以還是安分點會比較好……

終於，等到所有委託都計算完畢之後，妮妮穩居第一，瑞宏名列第二，森英拿到第三，宏麟居於最後。

而這代表森英終於、終於、終於可以擺脫第三個月的懲罰遊戲了。

「耶！終於不是墊底啦！」森英欣喜若狂。

「確定不給我整一下嗎？」妮妮故意說。

「我才不要。」

「唉……來吧，小姐。指定吧。」

「哼哼，聖誕節要到了嘛……」妮妮一隻手扶著她的下巴，做出若有所思的模樣。「那就扮成性感的聖誕老人開店一週吧！要露出鎖骨還要戴聖誕帽喔！」
「幹！最好是啦！」
「哼哼哼，就這樣，下個月大家加油吧——」
瑞宏將螢幕跟自己的電腦斷開並開始收拾，宏麟收拾東西，準備出去打理店面。
而這時候，腳步不穩的妮妮卻挨了上來，一把撲進了森英的懷中！
「哇啊啊！」
「小姐看起來醉了，」宏麟說。「你小子好好看著她，別給老子想東想西的！」
不是，這最好是有辦法不想東想西的啦！
「森英……？」妮妮抬起頭來，她的眼神感覺很朦朧，似乎不太能聚焦。「帶我去……公車站……」
「喔喔喔好！」
「背我……」
妮妮無意識的嗲聲繚繞在只有森英聽得到的範圍。森英的耳根子已經燙到他感覺快要跟妮妮一起倒下去，他花了很大的勇氣跟意志力，才將妮妮放到他的背上，然後穩步走出店外。一路上他聽著妮妮細聲的呢喃，說著一堆不清不楚的話。
也或許是森英自己已經被腦中的嗡嗡聲吵到神智不清，才會聽不懂妮妮的話。
不是啊！這可是全校的所有男人都夢寐以求，想要一親芳澤的女人啊！就這樣剛剛好因為在同一個俱樂部，剛好今天喝了太多而被森英背著什麼的，森英連作白日夢都不敢想啊！

但重點是……真的把她帶到公車站之後，她能坐車回家嗎？
森英租的套房就在附近……還是……
但森英還在猶豫時，公車站已經到了。
「好了呦，到了，放我下來吧。」
「嗯嗯好……」
咦？剛才那是喝醉的人會出現的聲音嗎？
森英回過頭去。妮妮正好端端地站著，看著自己的手錶。
「這是……怎麼回事……？」
「要支開他們兩個只能這樣啦。」妮妮說。「我有話跟你說。」
妮妮坐在一張公車站附近的綠色椅子上，並招呼森英坐在她旁邊。
「所以……妳從頭到尾都沒喝醉？」
「才沒有，我酒量還不錯呢，下次可以跟我喝一杯呦。」妮妮笑著說。「應該是你會先喝醉吧？看你這樣子。」
「嗯，嗯……」
跟妮妮喝酒應該是個不錯的體驗……如果撇除要是森英先醉可能會被各種玩弄的話。
「所以……要跟我說的事情是？」
「明天有空嗎？」
「明天沒什麼事……怎麼了嗎？有委託要一起去？」

「你很無聊欸，羅森英。」妮妮耍賴著說。「我也想放鬆一下啊……」
「放鬆？」
咦？放鬆是什麼意思？
「就是約會啦，約會。」
約……
約會？跟妮妮?!
等等，什麼？
森英用他已經僵硬的脖子機械式地轉頭，看向一臉不覺得這有什麼的妮妮。
這到底又是什麼天上掉下來的機會啦！不會有詐吧？
「沒有要進行什麼比賽才能去嗎？」
「明天就要出發要比賽什麼？」妮妮一臉純真樣。「明天下午三點，捷運劍南路站三號出口。你要是敢遲到的話就試試看呦。」
「不，絕對會準時到！」
「好呦，那就這樣，明天見。」
妮妮搭上了進站的公車，然後離去。
跟校花的約會……還是她主動邀約的？妮妮的葫蘆裡這次到底又在賣什麼藥？
「喂，我昨天不是說要約會嗎？」

「呃……」

隔天下午。

忐忑不安的森英兩點半就在捷運站待命了。跟這麼重要的人進行這麼難得的一次約會，森英怎樣都不敢怠慢。他穿上了他最好的衣服，抹上了一點髮蠟，甚至刮了鬍子。將自己的所有東西全都打理到最好的狀態，才終於放心地出門，搭上捷運。

而在捷運上他也沒閒著。他每隔五分鐘就會看著一次窗戶中自己的倒影，看看狀態是否依然完美。無論如何，對方可是黃妮妮，怎麼樣都至少不能有種癩蝦蟆想吃天鵝肉的感覺。

但沒想到等到了妮妮，卻發現自己再怎麼精心打扮，都永遠贏不過妮妮那耀眼的存在。

妮妮的長直髮似乎是用髮捲稍微燙了一下髮尾，看起來帶著一種空靈的成熟感。她的頭上戴著一頂白色的貝雷帽，臉上上了點淡妝，粉紅色的眼影襯著她白裡透紅的肌膚。她穿著一件白色的女用上衣，V字型的領口有著一點點蕾絲邊，下半身是紫色的長蛋糕裙，外面再加上一件深粉紅色的大衣。

可愛中帶著一點沉穩，完全駕馭了衣服鮮豔的顏色，讓每個人走過去都不禁多看她兩下。

相較之下，森英看起來不過就是個稍微會用髮蠟的理工男罷了。

「哼，第一站要帶你去買衣服，你這樣子跟我約會都不會覺得丟臉嗎？」

「抱歉……」

不是啊我又不是妳男朋友……我真的最好的衣服就這樣了啊？

「好啦，算了。我也不期待森英啦。」

「什麼意思啊妳？」

「這應該是你人生中第一次跟漂亮女生出來約會吧？不知道要穿什麼情有可原。」妮妮頑皮地說。「好啦，就讓我手把手教你吧。」

「不知道該感謝妳還是該說什麼啊……」

「當然要感謝啊，啊，不過可能會讓你多花點錢就是了，哼哼。」

「拜託妳實報實銷。」

「好啦，走吧。」

妮妮伸出她的手。

「這是……」

「森英你是笨蛋嗎？你沒看過偶像劇？」妮妮一臉鄙夷。「我說了，今天是約會。」

「等等，真的假的啦……」

「牽，我，的，手。」

妮妮斬釘截鐵地說道。

森英也沒有其他辦法。明知道自己牽上去有極高的機率會臉紅心跳到無法自已，他還是伸出了手。

「很好呦，我們走吧。」

妮妮一臉輕鬆。但另一邊的森英早就已經理智斷線了。

這是怎麼回事啊?!誰來告訴森英現在這不是夢啊?!全校最漂亮的女生現在居然跟他牽著手約

會什麼的，這怎麼可能是真的啦？

不，要冷靜。這不可能是單純的約會，妮妮絕對是要森英做些什麼，才會用這個當理由約他出來。所以最好是要處處小心……

「幫你買完衣服之後去吃冰淇淋，到處逛逛，最後就在摩天輪上看夜景吧！」

算了，不管了。今天過後很可能再也沒有這種機會了，森英決定澈底放飛自我，被耍就算了。

兩個人走入一間服裝店。很明顯的是，這是一間男裝店，而身為處在其中唯一的女生，妮妮一登場就馬上吸引住包含店員在內的所有人的目光。

「啊啊，小姐您好……」

等等，男裝店的店員招呼女生幹嘛？很明顯森英才是要買東西的人好嗎？

「幫他挑的。」妮妮馬上指著森英。

「好的，那要不要參考一下我們最新的新品……」

森英確實不懂時尚。整個買衣服的過程幾乎都是店員說什麼他就點頭。然後要是一旁的妮妮覺得森英的品味實在太差，就會直接打斷他點頭的過程然後幫他換一件。

「吼，森英你的服裝品味到底是誰教你的啦？」

「我爸媽……」

「難怪有一九八〇年代的味道。」

「沒辦法啊，我爸媽就活在那個年代咩？」

「去試穿，然後直接換下來。」妮妮塞給他一套衣服。「錢我幫你付。」
「等等妳哪來的……」
喔不，等等，這是黃妮妮。她的錢怎麼來的永遠不要問，反正她需要的時候就會從某個路人甲身上直接搜刮過來，然後就又可以輕鬆賺一堆零用錢。
森英認命地走進試衣間，換上一件白色的棉質毛衣、一件卡其九分褲跟一件皮衣。
「好多了嘛。」妮妮在他走出來之後說。「森英還是有資質的。」
森英看了一下鏡子裡的自己。
原來……自己這樣也可以嗎？
「好啦好啦，付完錢就下一站。」妮妮說。「是因為你太差才會幫你大改造的，本來不在計畫中呢，計畫是先摸幾個錢包……」
「不，別說了，我不想聽。」
「哼哼，好啦。」
結完帳之後，兩人便在百貨公司裡逛著。妮妮時不時會跑到某個看起來很多精品的地方，拉著森英一起過去。
「欸森英你看這個時鐘！這個圖案好漂亮——！」
「嗯……好美喔……」
森英看著妮妮指著的星空鐘，上面畫上了一整個星盤。
「要買下來嗎？」

「買？你在開玩笑嗎森英？」妮妮說。「好啦，你出錢就可以啲。如果交給我的話……你應該知道會怎樣啦，哼哼。」

「我付錢就是了，拜託妳別出手。」

然後每次不知道為什麼走出店的時候，妮妮的口袋裡就會多幾件小東西，或甚至是一個錢包之類的。

「嗯，這個造型的小木雕還真可愛。人家好喜歡貓啲——」

「等等那是哪來的啦？」

「森英你這麼聰明，我應該不用跟你解釋吧？好好保守祕密就是了。」

「我要是現在拉著妳回去那家店呢？」

「那你的身分證就不保囉，在你右邊的口袋對吧？給我兩秒就好。」

「不。別。拜託不要。我不說就是了嘛！」

「哼哼，真識相。」

這種信手拈來就是一個錢包或一個小東西的技術……說妮妮靠這招月入十萬森英都會相信啊……

逛到累的兩人最後買了冰淇淋，然後坐上了在百貨公司頂端的美麗華摩天輪。

遠處的夕陽西下，天空被染成了一片橘色，夜幕緩緩降臨在嘈雜的城市中。公路上的車水馬龍漸漸變成一條條的光帶，城市的點點燈光也如繁星般漸漸被點亮。兩個人在緩緩升起的車廂之中向外看去，景象意外地使人陶醉在粉紅泡泡中。

縱使，那粉紅泡泡可能完全是景象讓人想像出來的產物。

森英看向妮妮。

「所以……今天為什麼找我出來？」

「約會啊，約會。都講這麼多遍了，森英你怎麼還是會忘記啦。」

「我不是忘記，我是不相信這是單純的約會。」

妮妮凝視著森英。過了一秒之後她頑皮地笑了。

「好啦，多虧你我今天玩得很開心，就不賣關子了。」

妮妮從她的隨身包中拿出了一個東西。那看起來是一個識別證，上面有著學校的校徽、外面用簡單的塑膠套包著，連到一條樸素的藍色掛繩。

「不要太感謝我呦。」

「妳又偷了什麼——」

森英接過來之後，看了一下便愣住了。

那是子薇的指導教授，陳宗智教授的教職員證。

「有了這個，應該可以直接進實驗室繼續你的壞事了吧？」妮妮笑著說。「十二月繼續加油呦，森英。」

「……為什麼要幫我？我們不是競爭關係嗎？」

「我早就說過啦？我個人希望俱樂部可以繼續壯大下去。」妮妮說。「像他們的做法是保全自己，但如果要達成我的目標，競爭之餘我們終究是要通力合作的呦。對吧？」

森英點點頭。

「謝謝。」

「唉呦，只是幫你摸到一個識別證，森英你怎麼一副愛上我的樣子啦。」妮妮故意頑皮地說。「雖然說出來約會了，但沒那麼快啦，你還得提升我對你的好感度才行呢，哼哼。」

「才沒有愛上妳！那個前提是錯的！」

「好呦，哼哼。」

這下子俱樂部的事情就可以繼續了……

不過有個問題。

「妳是什麼時候拿到這個的？」

「嗯……應該是共評大會前一天吧。」

「那為什麼不昨天晚上把宏麟跟瑞宏支開之後就給我？」

「唉呦，我就想約會一下嘛。」妮妮不懷好意地笑著。「誰叫森英你被捉弄的時候反應這麼可愛呢？」

「喂不是吧……」

# 第七章 ⚜ 會規第四條

自從妮妮將教授的教職員證偷來之後，森英終於可以光明正大溜進實驗室了。而且有了可以直接感應開門的教職員證之後，甚至不僅限於普通時候。只要森英想避人耳目，深夜時分來到無人的實驗室配點「惡作劇溶液」回去用，也是完全可以的事情。

半夜配溶液的好處是，不會有人來打擾、不需要擔心有人跑來問自己在這裡做什麼，也自然不會有人去詳細清點森英來之前或走之後哪些東西少了多少。所以森英現在非常熱衷於在半夜十一點左右，從自己的出租套房出發，騎約五分鐘的腳踏車到達系館，直奔３０６實驗室，花個三十分鐘配好一星期甚至半個月份的「惡作劇溶液」，然後不留痕跡地閃人。

「我看看……實驗袍、護目鏡……口罩……這樣應該可以了。」

而今天也是。一過十一點，森英穿好衣服，帶上實驗用的衣物，出門驅車往系館前進。

「裝病專區」的委託隨著森英能夠隨意進出實驗室，因此委託成功率上升後，委託量也大幅度激增。從原先一天可能三、四個委託，發展到幾乎是兩倍的數量。雖然從入學成績來看，這所學校乖學生的比例應該很高，但從這幾週下來看，看起來就算平日乖乖牌的大家，也有偶爾想要壞壞一下的時候。

照這趨勢，森英這個月的委託績效點應該可以跟妮妮一拚。

森英興沖沖地停好了車，直衝實驗室。他拿起教授的教職員證一刷，然後打開實驗室的大門。

裡面果然一個人都沒有。

又是一個能好好做壞事，保全自己不要再被俱樂部成員羞恥 play，甚至還有機會報一箭之仇的一天。

森英開燈，拿起熟悉的幾個藥品配好，將臭到不行的乙硫醇塞進抽風櫃，免得自己在配好溶液前被臭到昏倒，然後開始調配藥劑。

其實森英覺得這間實驗室最好笑也最可怕的地方是，臭到曾經上金氏世界紀錄「最臭的物質」的乙硫醇，居然就這麼躺在實驗室眾多藥劑之中。還好濃度沒有很高，不然從這間實驗室出去的人大概都會帶有那強烈且刺激的蒜臭味。

但就在他準備加熱台的時候，實驗室的門口傳來一聲「嗶」。

等等，這時間……誰啊？

不對，現在不是想是誰的問題啊！

不管是誰，森英都一定會被發現。然後被質問為什麼來這裡、怎麼進來的。到時候麻煩可就大到會讓俱樂部其餘成員跳腳的等級了。

森英吞了口口水，冷汗直流。他連動都不敢動，大氣都不敢喘一下。

怎麼辦？只有幾秒的時間，毀屍滅跡一定來不及。要怎麼為自己開脫？

「唉呀唉呀，這麼晚了……子薇還沒回去嗎？」

一個慈祥和藹的聲線傳來。

「呀……子薇？論文改完了沒？」陳宗智教授的聲音從門口出現，隨後是他穿著毛線衫跟實驗袍的身影。

然後他看到了森英。

「咦？這不是森英嗎？」教授說。

「呃……是，是我沒錯。」

好了。這下完蛋了。

「啊……子薇放你進來的嗎？」教授問。

「呃啊……對，她剛走沒多久。」森英趕快藉機蒙混過去。

「這樣啊，剛走……那她也忙得蠻晚的。」教授說。「啊……那你在幹嘛呢？」

「就……」

這個問題超難回答的啊教授，我不可能告訴你我在幹嘛啊！

「做點小實驗，當作進實驗室前的練習嗎？」教授卻莫名其妙地幫森英腦補了。「呀，我懂，我年輕時也是這樣……有中意的實驗室了嗎？」

「啊這個……還沒有什麼想法就是，先多看看。」

「家聚的時候問過你吧，有考慮我們實驗室嗎？」

「嗯……有……」

這種時候一定只能說說場面話啊……誰會說沒有的啦？

欸不對，在這裡稍微暫停一下。

假設，只是假設。假設森英真的光明正大地加入了這間實驗室，那就不需要教授的教職員證才能進門了。學校幾乎沒有大一生就被允許進實驗室的先例，因此森英一直只當教授在家聚說的話是開開玩笑而已，但現在看起來順水推舟一下的話……

「……其實對這間實驗室個人還蠻喜歡的。」

「喜歡？啊，那太好了。」教授護目鏡之後的雙眼笑得瞇了起來，露出很明顯的魚尾紋。「那……期中考……我記得你的表現也不錯……」

「還好啦……」

三科九十分以上，最低的也有七十幾分。拜某個俱樂部所賜，期中考已經是森英為數不多且可以算是典型大學生該有的活動。剩下的什麼夜衝夜唱、熬夜一起讀書玩桌遊什麼的，全部都被做委託給占據了。

「那……實力上應該是不用擔心……你的想法如何？不用有壓力，就當作玩玩就好。」

「可以加入嗎？當然好……」

「好呀好呀，明天來我辦公室一趟。」教授說。「帶你辦個手續什麼的……呀，又有一個新學生了……」

「嗯……」

「那，就讓你繼續你的小實驗吧。物質安全資料表記得看完再用啊。」

「好……」

教授說著就走出了實驗室。

森英這才大力地喘了一口氣，把剛才累積在心頭的壓力全部釋放出來。

還好教授完全沒有懷疑他……只要教授來問一下他做的事情、實驗的步驟、用到的藥品，以上三者的任何一個就好，以教授曾經留美的經歷，十之八九會猜到森英打的是什麼主意。聯想到最近暴跌的出席率跟暴增的病假人數，也只是遲早的問題而已。

這次真的完全是森英運氣好到很誇張的境界……再也不可能運氣這麼好了。這運氣勘比手遊單抽一抽出稀有卡還誇張啊！

回顧一下森英一路走來的歷程，或許他真的算是蠻幸運的吧……

呃，不，被拖進俱樂部本身就是件超級不幸的事情，這件事情可以抵消所有森英身上的好事。所以森英的運氣只能算是平均。

森英看了一下手錶。十一點二十分，這時間點應該不會有人來了吧？

還是速戰速決吧。

森英用最快的速度，在二十分鐘內配好大約一個禮拜份量的溶液。

然後他再次用最快的速度關掉所有自己用過的設備，將東西歸回原位、澈底毀屍滅跡，然後溜出了系館，撤退回家。

隔天下午，他趁著空堂來到的教授的辦公室。辦公室外的走廊非常地乾淨且安靜，幾乎沒有什麼人聲，只有附近的一台影印機運作的聲音，迴盪在空蕩蕩的走廊。

森英敲了敲教授的辦公室門。

「請進。」熟悉的聲音說道。

森英猶豫了一下，然後開門進去。

辦公室的狀況跟外面完全不一樣。從一進門森英就發覺，辦公室的各處都是書籍跟資料，堆滿了整個空間，只留下可以通行的一小條通道。辦公室的中央是一張大書桌，上面也是滿滿的東西，只有中間主要的辦公區是空的。教授正坐在桌子後面，在森英敲門前似乎在看著什麼資料。

這種雜亂的程度差點觸發森英在瑞宏家造成的ＰＴＳＤ（創傷後壓力症候群），但還好辦公室亂歸亂，沒有飄出什麼奇怪的臭味，垃圾也都好好的放在垃圾桶裡，這點教授還是好過瑞宏很多倍。

「啊，抱歉，這地方有點亂。」教授不好意思地說道。「請坐吧，森英。」

教授指著辦公桌前面的一張椅子。

森英面對著教授坐了下來。

「先跟你談一下未來可能會交給你的計畫，然後等等帶你去跟祕書辦手續。」教授說。

「好的。」

但此時森英注意到了教授桌上的那份文件。那是一篇看起來像是論文的東西，標題是英文，但直接翻譯過來是「鐵基錯合物的激發態分子內質子轉移」。

這不就是……那天看到子薇在做的東西嗎？

「啊，你對這個有興趣嗎？」教授看見了森英的目光。

「有一點……」

「可以給你看看啊。」

森英拿過了那篇論文。

雖然還是看不懂，但森英在看這篇論文的時候，總覺得有種違和感。

而這個違和感，來自於這論文的圖表，跟森英印象中在子薇的座位上看到的幾乎完全不一樣。雖然森英只有微弱的印象，但這張圖原本不是一條正比的直線嗎？那邊的光譜原本應該也有三條黑線啊？但現在圖變成曲線、光譜剩下一條黑線，怎麼看都很奇怪。

森英有一種不好的預感。

「教授，這是子薇在做的東西嗎？」

「啊，你知道啊？」

「是……有聽她提起過。」

「唉呀，這是很漂亮的結果呢，初稿已經通過期刊審查了。」

也就是說，這是最後的實驗結果嗎？子薇之前做的，只是失敗的結果？

不對啊，子薇的電腦顯示的頁面是論文。誰會在寫論文的時候把失敗的結果放上去的？投稿期刊可是要錢的，最便宜的聽說還是要五百美金，這樣搞不就是浪費投稿費的嗎？

森英吞了一口口水。

製造不存在的實驗數據在學術界可是大忌。台灣前幾年就發生過某個大學醫學系的實驗室論文造假案，甚至牽連到那所大學的校長。這種事情要是被發現了，革職加追回之前科技部給的計畫費用只是基本而已。科技部給的計畫費動輒幾百萬在算，追回所有的計畫費絕對是會讓人傾家蕩產的等級。

然後這種事情居然就在眼前發生了。

森英知道自己不應該問也不應該提。一方面是教授絕對死都不可能承認，況且森英還是用薄弱的印象去判斷這件事，沒有確鑿證據根本就站不住腳。二方面是學術圈的上下地位差別非常嚴重，惹惱指導教授這種事情，要是教授在領域內聲名遠播、超級大咖，被整個領域封殺也只是剛好。

但這件事……子薇知道嗎？

森英無法想像，也不敢去想。

手續辦完，出了教授的辦公室之後，森英的第一件事就是發訊息給子薇。教授剛才說的話他全部都沒在聽，一心只想著子薇的事情。

這是她的論文、她的心血。

如果這篇論文的背後是假造數據，而做的人又是子薇的話，後果會不堪設想。

「我在教授辦公室看到妳的論文了。」

子薇不在線上，而這點讓森英急得幾乎要跳腳。

拜託，這事非同小可，子薇妳快出來給個說明，不然真的是皇上不急，急死太監。

呃，用這句話可能不好，畢竟森英的下面沒被處理過。

算了，這個時間點，他手上也沒有子薇的課表，根本不知道她會去哪。所以就只能往森英想到的，唯一一個有可能找到子薇的地方去。

他收起手機，直奔306實驗室。

一路上森英甚至連電梯都不搭了，直接從樓梯三步併成兩步，用不會觸發貧血的最快速度衝下去。下樓梯的時候亂衝其實是很危險的，一個不小心踩空，滾到樓梯底部都有可能，但森英也顧不了那麼多了。

森英現在的學生證已經可以直接過卡進實驗室，因此他沒有拿偷來的那張教職員證，直接拿出學生證刷卡開門衝進去。

而實驗室內除了子薇，還有他的兩個直屬學長。

「子薇！有事找妳聊聊……」

「呦，學弟，進實驗室要穿好裝備啊。」蘇成禮說。

「咦？直接叫子薇？你們是什麼關係啊？」信修則是打趣地問道。

「森英……？」子薇則是一臉不可置信。

「先別提這個，有急事！子薇妳先跟我出來一下！」

「是要去約會嗎？甩掉黃妮妮啦？」信修說。

「啊那個隨便啦！」

森英也不管學長們的好奇心，各種推托把子薇給從實驗室拉了出來。連讓她脫裝備的時間都沒有，直接把她拉到某個角落。

「子薇……我有發訊息給你……」

「這個場景……森英你要跟我告白嗎？」

「不是，妳看一下手機啦！」

子薇這才有機會把護目鏡、口罩、實驗袍脫下來，然後拿出放在口袋裡的手機。

只是看了一眼，子薇的眼神馬上就變了。

「……我不太想談這個。」子薇的眼神充滿著不情願。

「告訴我……妳有沒有改實驗數據？」

「你在說什麼？」

「我那天來306的時候看到了妳的論文，跟我今天看到的完全不一樣。」森英用最大的努力沉住氣說出這些。「雖然我完全看不懂，但是直線變成曲線，還有光譜三條變一條這種事情，只要有眼睛而且沒瞎都會看得出來。」

「我聽不懂你在說什麼……你是不是記錯了？」

「沒有。」

子薇的臉色非常難看。不只是閃躲的態度而已，森英甚至察覺她已經開始淚眼汪汪。

「……你不可以告訴別人。」

「不會，誰都不會。妳誠實告訴我，我不會說出去。」

「就是……對，是我改的。」子薇的眼淚奪眶而出。「人家……人家不懂，怎麼做都做不出來，然後教授就要我直接改……我不懂，真的不懂……嗚嗚嗚……」

子薇已經無法繼續說下去了。她的哽咽聲壓過了她的說話聲，說話的過程也不斷地抽抽搭搭。這個模樣的子薇說實在讓森英有點不知所措，他很想幫忙什麼，但是他也明白，在一個可以決定自己生涯的人面前，怎麼做都很無力。

「森英……」

「嗯？」

「我想要……我好希望無惡不作俱樂部出來幫忙……」子薇說著。「他們不是很強嗎？曾經攻擊我前男友的臉書帳號……如果可以的話，我真的好希望他們來救我……」

森英無法回話。

無惡不作俱樂部真的有能力負擔這種等級的委託嗎？

一個小偷、一個打手、一個駭客、跟一個半吊子的製毒師，真的能夠跟大學教授，跟他背後的勢力抗衡嗎？

不用想了，正當的方法一定不可能。

但俱樂部從來就不是什麼正當的組織就是，所以可能還是有機會的。

「子薇……」

「嗯？」

「可能有機會試試看吧……去投個委託？」

「嗯……」子薇擦擦眼淚。「這已經是我唯一的希望了……」

子薇擦乾眼淚之後望著森英。

「幫我保守祕密，拜託你。」

「我會的。」

「那我回去了……」

目送子薇離開之後，森英在角落陷入沉思。

這個委託誰可以接？無論是誰都沒有獨立完成這件事的能力。而要合作？現在的俱樂部各個成員都是彼此的競爭對手，森英跟妮妮合作機會比較高也就算了，要怎麼讓其他兩個人在這件事情上跟他們合作？

但是，森英想起了妮妮說過的那句話。

**「我個人希望俱樂部可以繼續壯大下去。像他們的做法是保全自己，但如果要達成我的目標，競爭之餘我們終究是要通力合作的呦。對吧？」**

對。森英現在更可以回答這個問題。

也就是說，這件事情的破口就是黃妮妮。

森英毫不猶豫地拿出手機，撥了通電話給妮妮。

「喂？怎麼是森英啊？這時候打來差點讓我失手呢，要是委託沒完成你可要負責呦？」

「我有急事要找妳，晚上六點有空嗎？」

「有空呦，上次那家咖啡廳好嗎？好像有賣吃的。」

「好，到時候那邊見。」

「上次來這邊喝特調，可是你跟我公開告白之後呢。」

「我沒有很想複習那件事情。」

晚上六點，森英跟妮妮準時在咖啡廳門口見面。因為已經是冬天，兩人沒有像上次約會那樣作死，在十二月的美麗華吃冰淇淋，而是都點了熱的食物跟熱咖啡。

「不錯，這地方很棒。但就是千層麵沒有宏麟做的好吃。」

「妳不能跟老闆比，老闆的手藝完全打趴這附近所有店。吃過一次之後就真的回不去了。」

「是啊。所以找我有什麼事？」

森英深呼吸一口。

「我有個委託，但是俱樂部沒有人有能力接下來。」森英說。「應該說，沒有一個人的能力可以，但是如果大家一起合作的話，可能有機會完成。」

「但是大家現在是競爭對手呦，你打算怎麼辦？」

「我不知道。」森英坦白。「可是妳也說過『競爭之餘我們終究是要通力合作』，所以想問妳有什麼想法。」

妮妮聽完之後，笑了一下。

「哼哼，開始了啊。」

「什麼意思？」

「你猜猜看救你那天，我為什麼會留下來等你醒來？」

「……你從一開始就想把我拉進俱樂部？」森英問。
「是邀請，拉是什麼奇怪的講法啦。」妮妮說。
「喂，妳那個做法根本跟邀請差了十萬八千里好嗎？」
「可是讓你認識了校花，你沒資格抱怨呦？」妮妮笑著說。「總之呢，我一直都有在注意你。」
「咦？」
等等，森英為什麼會被跟自己八竿子打不著關係的妮妮注意？
「兩年前你當學生會會長辦的高中聯合舞會，我在現場。」妮妮說。「那個時候其實俱樂部還沒成立，但我已經在做現在做的這些事情了。」
妮妮說到這比了一個摸走某樣東西的手勢，表示她的「這些事情」指的就是偷竊的事。而那個手勢從發動到完成大概不到半秒，速度之快讓森英差點被咖啡嗆到。
「我看到舞會的時候就覺得，統籌這一切的人一定是個狠角色。」
「這個稱讚……我收下囉？」
森英回憶起兩年前，他幾乎荒廢學業、廢寢忘食，就為了搞出他們高中史上第一次的三校聯合舞會，聯絡廠商、注意預算、籌備場布、盯手下每個成員的進度，度過了極度焦頭爛額的四個月。
那次舞會不只邀請的藝人很大咖，場布更是經過精心設計。
有一座高達一層樓的巨大城堡，要完全用課桌椅還有紙箱跟顏料去完成。其他還有很多的童話角色人像，有幾座甚至是一比一真人大小，而想當然爾學生不可能請專業的雕刻師雕一個石像或木像放在那，就為了一次舞會，所以絕對只能拿手邊材料ＤＩＹ。

再加上是三校聯合，其他兩校有沒有在做事可是個關鍵，而森英很不幸地遇到其中一校是個雷包。當時做到後面快崩潰的最大原因，就是因為那所學校的學生會積欠一堆進度，導致森英的團隊必須補洞。

「在我制定俱樂部現在的會規的時候，是為了讓俱樂部每個成員有動力去做壞事，才會把會規設計成用競爭的方式。」妮妮說。「但這也限制了俱樂部能夠負擔的委託等級。我一直沒有辦法想出，怎麼讓俱樂部能夠負擔更大的惡作劇的辦法。確實是要合作沒有錯，但大家已經是競爭對手了，要怎麼臨時改會規，讓大家上同一條船也是個大問題。」

「嗯……」

「然後救你上來那天，我看到你的學生證，稍微查了一下資料，發現你就是當年三校舞會的負責人。」妮妮說，一邊喝了一口咖啡。「我就開始有讓你入會，然後放手讓你去改變俱樂部本質的打算。最後，我的計畫成功了。」

妮妮笑著看向森英。

「所以妳是贊成的？」

「我是啊，但要怎麼說服其他兩個人你要想想呦。」妮妮說。「改會規可是需要大家同意的，畢竟是動搖俱樂部根基的事情嘛。」

「……只要我這個月第一名，用懲罰遊戲的方式，強制大家收下這個委託呢？」

「懲罰遊戲只能對最後一名的人生效，其他兩個人可以不用管這件事。」妮妮說。「如果剛好最後一名是我的話，那就等於是浪費了。」

森英陷入沉思。

要改會規？又需要大家同意。要強制塞委託？又沒辦法一次塞給全部人。

那……把兩者結合起來？

森英靈光一閃。

「我有個底了。」

「哼哼，我很期待。」妮妮說。「不管你要做什麼，先在這邊謝謝你囉。人家可是真心的，不要懷疑我的話呦？」

「妳哪次是真心謝我的啦？」森英雖然知道妮妮這次絕對是真心的，但還是吐槽了一下這個三不五時就言不由衷的職業小偷。

「每次都是呦。只是比起跟你道謝，玩弄你讓我得到的快樂比較多。」

「請妳手下留情。」

妮妮滿意地笑了。

剛好兩人的食物這時送上來了，兩人便在閒聊中享用晚餐。

在那之後，森英拚了命做委託。

溶液的用量變成了前一個月的兩倍多，但有了實驗室的門禁權限，這些全都不是問題。森英很有信心，自己十二月共評大會絕對穩坐第一。

而今天，就要見真章。

「開一下『裝病專區』吧。」妮妮拿著酒說。

一點開「裝病專區」，宏麟跟瑞宏馬上被海量的已完成委託嚇到。

「幹，有沒有搞錯，一百零六件委託？你小子這個月卯起來幹啊？」

「一開始還不相信，但算了好幾次都一樣，好吧。」

「算你厲害。」妮妮說。

「這只能一分，不給一分老子不用玩啦。」

「一分。」

妮妮喝著威士忌，因此她用右手比了個「*1*」。

「一百零六分。」宏麟說。「就不要老子是最後，這傢伙感覺會挾怨報復。」

「他沒那個膽啦。」瑞宏在螢幕上打字。

「他報復的話，你下個月幹掉他不就好了？」妮妮說。「委託數量上跟物理上都可以呦。」

「拜託不要。」森英不敢想像宏麟動手，他自己會死得多慘。

於是他們又像之前一樣，對每個委託評分。森英完全無力在意委託的內容，也不在意大家的分數。他只在意最後自己要跟大家說的話，把那段話在腦中演練一遍又一遍。

一百零六點應該第一了吧？總不可能有誰有辦法拿到比這更高的分數，前幾個月第一名大概都落在九十點左右，就算是壞事信手拈來的妮妮，拿下第一的時候也大概都是這個成績。

最終毫無懸念地，森英拿下了第一名。而令人極度意外的是，墊底的居然是妮妮。

怎麼會這麼剛好……難道妮妮在配合他？

「決定吧，懲罰遊戲。」妮妮說。「我做好心理準備囉。」

森英深呼吸一口。

「我要加一條會規。」

「你他媽供三小？」

「這什麼餿主意。」

妮妮笑了。

「大家還記得本來的會規嗎？」她看起來是故意問的。

「當初好像說老子不管這些事，小姐高興就好了吧？」

「有印象，但檔案好像被塞到不知道哪去了。」

妮妮聳了一下肩，看起來雖然無奈，但這兩個人不會特別去記會規這件事，應該還算是在妮妮的預料之中。

「第一條：對有能力做到的壞事委託，不能拒絕。」

她輕輕將自己原本握拳的右手拇指扳開，代表一。

「第二條：要保護委託人的資訊。」

「第三條：每月最後一天舉行惡作劇績效評比，最後一名的需接受第一名訂定的處罰遊戲。」

「想起來了。」宏麟說。「就是因為這會規，我們才會成天比來比去的。」

「是的呦。」妮妮說。「森英？你繼續說吧。」

只有妮妮幫他圓場，這也不出森英的預料。

「我要加上會規第四條，」森英開始說出那演練已久的話，就像是在發表演講一樣。「『團體委託則見者有分，依貢獻度給予績效點數90／60／40／25點』。也就是說我們以後可以一起接一項委託，但是大家還是競爭對手。」

既保存本來會規的競爭特性，又讓大家真正意義上「競爭之餘可以通力合作」。

這已經算是森英能想出最圓滿的做法了。他看了一下妮妮。

明明已經喝完一整杯威士忌，但妮妮的表情卻沒有一絲酒意。

她開心地笑了，並且給了森英一個「算你厲害」的眼神。

「好呦，我接受。」

「喂小姐這樣妳他媽也接受？」

「妮妮妳這樣太扯了。」

「沒什麼不好的啊，一起幹大事難道宏麟跟瑞宏你們不喜歡嗎？」

「跟這小子哪有什麼喜歡不喜歡的？不喜歡。」

「才不要。」

「我也會加入呦？」

宏麟咂了咂嘴，瑞宏則是看了一下妮妮。

「小姐也在的話，倒是不排斥。」宏麟最後說。
「可以。」瑞宏的螢幕出現兩個字。
「而且森英說貢獻度第一有九十點呦？這可是可以直接保送第一的點數呦？」
「嗯……」
宏麟跟瑞宏陷入沉思。
「雖然不知道你小子打什麼主意，但小姐可以的話，就這樣吧。」
「我無所謂。」
「那，森英有什麼大委託要丟嗎？」妮妮看起來像是故意問這句話，讓森英把這次的大委託給提出來。
「有。」森英拿出手機，在委託網丟了一個委託。
那委託馬上顯示在螢幕上：
「對教授陳宗智的研究成果進行打擊」。
「大學教授？你小子很夠膽啊。」
「看起來超級刺激的耶，我喜歡。」
「有趣。」瑞宏只打了兩個字。
「接嗎？」森英回頭問大家。
妮妮看了一下森英，兩人交換了一個眼神。
「接。」妮妮說。

# 第八章 ⚜ 雙重反轉

「要接這個委託的話，需要好好地商量一下呢。」

妮妮續了一杯威士忌，還特別註明要夠好的酒。宏麟不情願地將妮妮要的酒拿來之後，她便一邊晃著酒杯一邊開啟討論。

但如果這個「討論」會跟預想的一樣正經，就太小看俱樂部的成員了。

「不過就是個死老人，拖進巷子裡打一頓就好了。」

「宏麟，這樣我們會失去證據。必要的東西沒拿到，還是沒辦法進行呦？」

「駭掉他的硬碟。」瑞宏說。

「不，這樣會不會太顯眼……」森英說。

「只要沒有要更改什麼設定，只是逛一圈複製一些資料，不會被看出來。」瑞宏說。

「不會被擋下來嗎……」森英問。

「你現在是小看我？」瑞宏冰冷的眼神投了過來。

「不……沒有……」

「森英說的有個問題呦。」妮妮說。「其實除非是電機跟資工領域，不然很多學校的教授是沒有資安管理的概念的。我就有看過系上教授的電腦密碼是『password』，這種對我們來說根本是低級錯誤的觀念。所以瑞宏？」

瑞宏看了一下妮妮。

「幫我計時。」瑞宏在記事本上打上最後一行字，便把記事本關掉，打開終端機。

妮妮拿出了她的手機，打開碼錶。

「預備——開始！」

隨著「始」字話音落下，瑞宏的手指也開始用非常難以看清的速度敲著鍵盤。

雖然早就有耳聞瑞宏的駭客能力很強，但這是森英第一次親眼看著瑞宏操作。敲著鍵盤的十根手指快到森英幾乎可以看到殘影，「啪噠啪噠」的鍵盤敲擊聲幾乎沒有斷過。螢幕上終端機內的白色指令刷得快到不行，一秒鐘跳出十幾行都有可能。

森英看得目瞪口呆。

恐怖，真的太恐怖了。上次森英只是被發信警告看起來還真的算是好運。

整間包廂裡只剩下鍵盤敲擊的聲音，過了不知道多久，瑞宏停了下來。

「進去了。」瑞宏說。

他沒有用記事本，而是真的開了口。

「欸？欸欸欸欸欸？瑞宏說話了？」

森英第一次聽見瑞宏說話。他的聲音很低沉，具有強烈的磁性。將聲音的來源遮起來的話，森英第一直覺會覺得這個說話的人應該要是類似韓劇中帥氣男主角的人，或者是個職業歌手、演說家之類靠聲音吃飯的人。
瑞宏投以一個「閉嘴」的眼神，讓森英又縮了回去。
「二十秒十七，變慢了點呦瑞宏。」妮妮停下碼表。
「在我家會更快。」瑞宏說。
「老子死都不去你家。」
「我絕對不要，我會死掉的。」
「我投瑞宏在這邊駭一票，那個地方到底怎麼住人的……」
瑞宏又開始打著字，似乎是正在把教授的電腦當成自家廚房逛。
原來入侵電腦這麼簡單的嗎……？
瑞宏就這樣在電腦裡殺進殺出，扯淡的程度堪比當年七進七出的趙子龍……只是趙子龍七進七出是羅貫中虛構的，但現在瑞宏是在森英眼前真實上演這些情節。
但過了好一陣子，瑞宏關掉了終端機，重新打開了記事本。
「這真的是台教授的電腦嗎？什麼鬼都沒有。」
「咦？」
「沒東西？」宏麟也一臉驚訝。
「嗯……也算是意料之中吧，不利於自己的東西應該不會這麼簡單就找到。」妮妮說。「但現在這樣，就代表我們的情報嚴重不足。所以我們會需要更多計畫。首先是森英，你說過教授有個共犯，你跟她也還蠻不錯的對吧？」

「嗯。」

「想辦法從她身上套點東西出來，然後跟我們共享。」妮妮說。「宏麟去找找看能不能從道上打聽到什麼。雖然我對道上沒有很清楚，但試試看總是好事。」

「沒什麼把握的事情老子不太想做。」宏麟卻說。「小姐說的也一樣，要是老子花時間卻拿不到九十點，那還不如拿這時間精力去做其他委託，搞不好拿到的點數還比較高。」

「這……」

「嗯？陳宗智……」宏麟看了一下教授的名字。「……等等，印象中好像有聽過這名字。」

「喔？」妮妮被引起了興趣。

「不太記得是什麼事了，但老子大概知道要找誰問，嚴刑拷打一下應該就有了。」

「等等這太暴力了吧?!」

「有拿到情報怎樣都可以呦，」妮妮卻只說。「我們可不是什麼正義之士，拘泥於要合法是行不通的呦？早就告訴森英你了。」

對喔，這裡是「無惡不作俱樂部」，什麼正經的做法根本不可能出現。

「瑞宏的話，如果你精力還可以就繼續駭另一台，共犯的那台電腦。甚至是共犯自己的筆電也可以嘗試，各處都找找看。」妮妮說。

「不，我今天想睡覺，明天。」瑞宏在記事本上打了一行字。

「好，最後是有拿到情報的就好了呦。」妮妮說著，又喝了口酒。

「等著看，老子一定會拿到九十點。」

「不，九十點是我的。」瑞宏也跳出來。

「你們給我等一下。」妮妮卻說。「很有競爭心是可以，但是要委託完成了，那個老屁股確實完蛋了我們才會有九十點呦？不然要是我們失敗了，光是要收拾就很麻煩。」

「嗯……妮妮說的對……」

「好呦，那就重複一次大家的任務。」妮妮說。「森英負責找那個女生聊聊套情報，瑞宏繼續駭那個女生的電腦，還有我們想得到的其他可能有證據的電腦。最後宏麟去道上打聽教授有沒有把柄，聽宏麟你的描述，好像真的蠻有機會的。」

「了解。」

「隨時更新情報。然後森英，我要拿回之前給你的教職員證。」

「咦？」

「我想要確定幾樣東西，想去你們的系館晃一晃。」妮妮說。「你現在已經可以直接用學生證進實驗室了，所以那個東西不需要了吧？」

「是……」

「那就給我吧。」

森英並沒有將那張教職員證帶在身上，因此他跟妮妮約定了後天給她。分配完任務之後眾人便散會，並開始著手準備。

「森英？怎麼會突然想吃個飯啊？」

而森英所做的第一個準備，就是去找子薇聊天。

「啊，就，想吃吃看子薇特製料理嘛。」

「欸嘿嘿……」

兩人一起坐在系館的交誼廳裡，吃著子薇特製的烤飯糰。飯糰的飯似乎是炊飯，有著滿滿的雞肉跟野菇的香氣，裡面的烤雞肉內餡也烤得剛剛好，雞皮的部分酥脆，而中心的肉又超級多汁，讓森英完全陶醉在其中。

「嗯——這真的太好吃了！」

「欸嘿嘿……這其實很簡單啦……」子薇不好意思地說。似乎只有在談到料理的時候，子薇的心情會比一般的狀態下更好。特別對比她最近遇到的事情來說，能讓子薇開心一點，森英覺得也未嘗不是一件壞事。

「還有嗎？」

「沒了啦，森英只說要一個，我就只做了我們兩個各一個。」子薇說。「不准吃我的這一個喔。」

「好吧……」

吃了滿足的一餐之後，森英開始盤算要怎麼開始話題。

單刀直入？不知道會不會破壞子薇的好心情，雖然嚴格來說森英應該是她唯一能夠訴苦的對象，但子薇會不會避而不談就不確定了。旁敲側擊？森英又超級不擅長這種事情。感覺古靈精怪的妮妮還比較適合問話，森英完全不適合。

「……森英？可以聽我說嗎？」
沒想到的是子薇先開啟了話題。
「怎麼了？」
「我最近一直翹實驗室，能不去就不去了。」子薇說。
「嗯，很好啊，畢竟妳也不喜歡嘛。」
「嗯……」子薇猶豫了一下。「不過事情也快結束了。」
「快結束？」
咦？這是什麼意思？
「論文要在月中的研討會上發表，到那時候就來不及了。」子薇說。「那天之後，無論怎麼樣，我都脫不了罪。教授想要把我放在第一作者，也就是被抓到改數據的話，我會是最大的受害者……」
「子薇……」
「如果有辦法扳倒教授的話，就好了……嗚嗚……」
子薇說著說著又開始哭了一陣。但這次哭沒多久，她卻強忍著淚水停了下來。
「沒，沒事……」
「一月中的研討會啊……」森英思考著。
也就是說俱樂部得在一月中的研討會之前完成整套攻擊的組織，才有辦法在事情太晚之前救出子薇。

「嗯……教授還是在逼我，在逼我做我不想做的事情，逼我……」

但子薇卻欲言又止。她看了一下森英，馬上把自己的話打住。

咦？怎麼回事？

「逼妳？」

「……沒事。」子薇卻說。「抱歉跟你說這些……本來是想開開心心地跟森英一起吃飯，對吧？」

「嗯嗯……對啊……」

但森英對於這件事還是感到很奇怪。

照理說森英已經是唯一一個知道子薇遭遇的人了，有什麼不能說的呢……

出於好奇，森英上網找了一下關於研討會的資訊。研討會的行程基本上在行前都會公開，哪個時段由誰主講，講題也會公布。而果不其然，教授的名字跟子薇的論文題目就名列在第一天的下午，兩點鐘開始。

如果是這樣，俱樂部只剩下兩個禮拜摸清楚所有的事情，並組織有效的進攻……

「森英？」突然間一個清純的聲線打斷了森英的思考。

「哇啊啊啊啊?!妮妮？」

他都差點忘了，跟子薇吃完飯之後，就是到附近的座位區等妮妮來拿教職員證。化學系館旁邊剛好就是森英開學第一天掉下去的那個湖，他剛剛正坐在湖畔看著當初他摔個狗吃屎的那個地點，心中的感覺很複雜。

「東西呢？」

「喔喔喔，在這裡……」

「有問到什麼嗎？那個女生？」

「也才開始計畫第二天吧……」

「但瑞宏剛剛偷偷入侵了一下你們系館的監視錄影器看到你們了，就想說問問看囉。」

欸不是，俱樂部成員是沒有隱私的嗎?!

「話說關於瑞宏……」

妮妮似乎猜到了森英的問題，她搖搖頭。

「雖然有正確實驗結果了，但是還需要一樣最關鍵的東西，」妮妮說。「就是『教授脅迫那個女生的證據』。如果是兩人合意一起共謀，那兩個人都脫不了罪。所以我拜託瑞宏開發一個背景錄音程式，放在教授辦公室電腦，去錄他們的對話。他說有點難度但還是做了，結果……」

「結果？」

「結果就是瑞宏自己業力引爆啦。」妮妮說。「前幾天學校信箱不是發給全教職員工生說要多注意資安，近來社群帳號駭客事件很多嗎？結果教授跟那個女生那邊好像就鎖了一些權限，裝了一些新的防毒軟體，然後據瑞宏說還有什麼『開不了後門了，不用顯眼的方式裝不進去』……什麼的，我也不是很懂。」

「那現在怎麼辦？少了這個證據我們很難打吧？」

「哼哼，這時候你就佩服妮妮我吧。」妮妮微微笑，舉起她手上的教職員證。「有了這個，我也可以進你們系館了。再加上瑞宏的監控，你們的系館現在是我們的主場囉。」

「喂，這太恐怖了吧?!」

「好呦，進入今天計畫的主要部分。」

「咦？」

「瑞宏？剛剛跟森英吃飯的女生在哪裡？」

「欸欸欸等等，這件事跟子薇什麼關係啦?!」

「我這邊的畫面顯示她在三樓飲水機，往交誼廳的方向過去。」瑞宏的訊息從妮妮手機裡跳出。妮妮將畫面亮給森英看。

「我要親自出馬。你得跟著配合我。」

「蛤？」

「配合啊，怎麼了？」

「像上次去電子街那樣幫妳吸引注意力？」

「基本原理類似呦，但是這次——」

妮妮伸出她的手指，碰了一下森英的胸前。

「你要演我的男朋友。」

「嗯……欸？」

欸？等等？黃妮妮妳有想清楚嗎？這等於是一種賣身喔？

「欸欸欸欸欸欸？」

「小聲一點，羅森英。你以為人家會這麼簡單跟你私訂終身嗎？」妮妮一派輕鬆地說。「我要那個女生的手機。只有這樣我才有藉口接近她，跟她攀談。也只有這次機會讓你『當』我男朋友，給我好好珍惜一下呦？」

「啊……」

「幫著一個女生去對另一個女生做壞事」，這沒寫明前因後果的話，看起來超像本子劇情的啦！作者你給我認真一點啊！

「好了，先用你的學生證開門吧。」妮妮隨後站起來，拍了拍長裙上的灰塵。「情節大概就是森英新交了女朋友，帶女朋友去系館參觀呦，演好一點知道嗎？不然我就要跟你分手呦？」

「又還沒在一起要怎麼分手？」

「然後我身為分手的前女友就會挾怨報復──」

「好，我演就是了。別說了，我晚上會做惡夢。」

森英嘆了口氣，站了起來。妮妮繞到了森英的身後，一把摟了上來。

瞬間森英的右側脖子開始發燙。他幾乎可以聞到妮妮身上傳來的香氣，可以感覺到近在咫尺的妮妮臉上的溫度。耳根子宛若燒紅的鐵一般，鼻子開始如蒸汽火車般咻咻噴出熱氣。

「耶──森英要帶我參觀系館呢──！」

「妳這樣我完全無法集中注意力啊！」

「為什麼？不會森英你真的愛上我了吧？」妮妮頑皮地說。「啊，那也很好啊！你會演得超級像的！」

「喂……」

「走吧走吧！」

森英就這樣被妮妮推著進了系館。雖然名義上是參觀，但他們很明顯知道自己此行有其目的，因此直直地往三樓奔去。一出了電梯，妮妮又再度挨了上來，但是此時卻不是像剛剛那樣嗲聲說著言不由衷的情話，而是對著森英的耳朵用氣音說了句：

「她要回實驗室了，快點走吧。」

森英趕快帶著妮妮一起朝３０６的方向走。剛轉過往３０６的走廊，森英就看見了子薇在幾步之遙的門口。

「子薇？」

「啊啊森……英……？」

子薇看著森英旁邊的妮妮，一臉疑惑。

「那是誰啊？」妮妮故意說。實際上妮妮早就在跟森英的談話中知道子薇了。

「欸欸欸欸欸？」子薇則是藏不住驚訝。「所以你們兩個真的……真的?!」

「啊……是啊，是真的。」

演只能演到底。雖然森英說這句話的時候明顯在違背良心。

「咦？她就是你跟我說的那個學姐喔？」妮妮故意說。

「咦……妳知道我？」

「知道呦，那個煮飯很好吃的學姐，森英都這麼說呦。」妮妮說。「結果他都不把妳煮的東西給我吃，讓我很嫉妒欸。」

「呃……」

這是一個連演戲都要順便罵一下我的意思嗎……

而且不是，妮妮妳明明就搶過我的巧克力司康啊！

「我、我叫葉子薇，初次見面……」

「我叫黃妮妮呦。本人看起來好可愛呦——！」

「啊，欸嘿嘿……」

妮妮跟森英交換了一個眼神。森英明顯知道，那是妮妮要出手的信號。

妮妮走上前過去，用右手摸了摸子薇的頭。

「看起來好像高中生呦，跳級？」

「沒有，妮妮，我也曾經這麼認為……」

「吼呦為什麼連森英都這樣說！」

就在子薇不服氣地轉過來面對森英的下一秒，妮妮用迅雷不及掩耳的速度，左手伸進子薇的右口袋，用兩隻手指反手夾出了那支小巧的智慧型手機。妮妮又轉了一下手腕，便將手機丟進了自己的袖子裡，消失得無影無蹤。

這個速度比森英以前看過的都還更快，難道這才是妮妮的全速嗎?!

森英努力不讓驚訝的眼神露出來，並同時安慰著子薇。

「不、不是故意的，就情不自禁嘛哈哈哈……」
「什麼情不自禁啦！好啦我要回去了。」子薇一臉不甘心地走進實驗室，重重將門摔上。
森英跟妮妮對看了一眼，便趕緊離開系館回到剛才的座位區。
「呼——哈！」森英這才敢鬆一口氣。
「森英你這樣就怕了？你也太遜了吧。」
妮妮將手機從左手大衣袖口倒出來，稍微端詳了一下。
「有密碼，也有正常使用痕跡，看起來應該是真的呦。」
「這東西會有假的嗎？」
「事務機有聽說過嗎？」妮妮說。「就是工作專用的手機。正常來說事務機會放在比較容易取得，能夠隨時接受訊息的地方，私人手機會比較隱匿一點。那個女生看起來是學生，有兩支手機的機率不大，所以這支應該就可以用了。」
「用？」
「剛才不是說了，錄音程式裝不進去嗎？」妮妮說。「瑞宏後來提議去偷一支手機過來，他把錄音程式改成在手機上執行的版本就好了。加上你說時間不多，我才會想要親自出馬。」
「喔……」
「嗯……咦？我手機響了……」
妮妮接起了手機。
「宏麟？」妮妮說。「這時間怎麼……嗯……」

妮妮聽著手機的眼神從原本的頑皮漸漸變成認真。然後她非常顯眼地吞了一口口水。

「我知道了。等一下大家在『16毫米』包廂集合。」

「怎麼了？」

「宏麟有消息，而且不是好消息。」妮妮說。「唉，我不想中午就喝威士忌……這次討論我喝汽水就好了，走吧。」

「根據老子的打聽，事情是這樣的。」

「16毫米」，四十分鐘後。

俱樂部的四名成員全員到齊。除了月底共評大會之外，俱樂部從來沒有出現過這種高規格的聚會，瑞宏在抱怨了一陣之後，因為妮妮的威壓，加上偷到手機需要裝錄音程式這件事情，他才從自己離「16毫米」有段距離的套房慢悠悠地過來。

「你小子還記得你差點被打死的那次嗎？」

「記得，那次謝謝你……」

「老子不是要聽你的道謝。」宏麟打斷森英。「老子只是突然想到那次委託很奇怪的地方。」

「什麼意思？」

「那個打手老子沒見過，但老子後來從他身上的特徵發現老子知道是誰。本名叫什麼忘了，道上都叫他刺龍。身上刺有一條很多根刺的龍，所以叫刺龍。」宏麟說。「刺龍是個算是有名的打手，老子的打手的意思是，專門要見血，高級點甚至是去做掉別人用的。」

一陣靜默。

「所以……我那次是幸運？」

「等等。」妮妮突然跳出來。「森英你那次的委託人……是個小女生對吧？」

「對，沒錯。」

「老子不相信打死或擄走一個小女生需要用到這麼高級的打手。那個地段，幾個小嘍囉加一台廂型車能搞定的事，為什麼要找一個他媽的快比天花板還高，而且還更貴的人？」

「也許是……」

不對，這不會有「也許」。既然要出到更高級的武力，就代表目標的武力值顯然在對方眼裡是很高的。

「他的目標不是那個女生，而是俱樂部出來保護那個女生的『我們』，這是個局。從委託人到跟蹤委託人的人，都是個他媽的局。」

「而這個局在宏麟的強勢武力下被破解了。」

「刺龍是個跟俱樂部有點像，會接委託的人。」宏麟說。「這些委託根據傷人情況的不同還有個公道價，是不能隨便亂喊的。但是在道上，委託人的情報不像俱樂部絕對保密，是可能查得到的。只要一邊決定背叛另一邊，委託人自己也可能被反水做掉。然後小姐妳猜猜看，委託刺龍的人是誰？」

「難道是……」

「那個叫陳宗智的傢伙。」宏麟說。

森英瞪大了雙眼。

難道是……教授早就把俱樂部放進他的射程範圍？教授想要幹掉他們？

但是為什麼？教授為什麼有想幹掉俱樂部的理由？

不對，有。

子薇對俱樂部的憧憬，可能在被教授知道之後，就讓教授認為子薇一旦在論文案中精神瀕臨崩潰，俱樂部絕對會是她最後一根浮木。因此教授決定先下手為強，把他認為最有可能擋在他面前的假想敵整個去掉。

那子薇……子薇是可以信任的嗎？

森英看向妮妮，妮妮想必也想到了同一件事。

「放心，森英。來這邊的途中我已經把手機關掉了，現在這不會曝露我們的位置。」妮妮說。「瑞宏，麻煩你把『防定位艙室』打開，然後破解這支手機吧。」

瑞宏走到了牆邊，敲了敲牆，一直到某一塊木板出現鏤空的清脆聲響。他將木板轉開，按下露出的按鈕。

「『防定位艙室』是什麼？」

「當初我們成立俱樂部的時候在這個包廂裡動的手腳，就是一個法拉第籠。」妮妮說。「這個嘛，我也不知道法拉第籠是什麼，是瑞宏提議的。」

但森英知道法拉第籠是什麼。法拉第籠是一種可以隔絕內外電場的東西，通常是由金屬等良導體製成的盒子或籠子。能夠良好隔絕電磁場的干擾，只要站在籠子內，籠子外就算放出上千伏特的電壓，籠子裡的電流也幾乎為零。換句話來說，法拉第籠其實可以衍伸到隔絕定位，讓定位完全失效，手機或無線網路也收不到訊號。

「來吧。」

妮妮將手機開機交給瑞宏。瑞宏將手機接上他的電競筆電，沒過兩下子，手機的密碼鎖就被破解了。

千辛萬苦想的密碼在瑞宏面前跟開花園的柵欄門一樣簡單，還真的很恐怖啊……

森英不禁又吞了口口水。

「查一下通聯紀錄，就知道這個女生到底是哪邊的人了。」妮妮說。

「有可能會留著嗎？」森英問。

「完整的通聯紀錄應該都要本人才能辦理，」妮妮說。「但……我們可是無惡不作俱樂部，怎麼可能有什麼難的？」

瑞宏在電腦上忙了好一陣子之後，秀出了完整的通聯記錄。

這幾個禮拜之內，子薇的手機跟另一支手機有很密切的聯絡。幾乎都是由對方撥進來，而且撥進來的時間固定在每天中午十二點到一點左右。每一次的聯絡大概落在十幾到二十分鐘之間，聊聊天寒暄不可能這麼頻繁又這麼短。

「這個號碼是誰的？」

「陳什麼的，名字最後一個字不是智，但八成是家人吧。」

「也就是說……」

「很有可能。」

四個人陷入沉思。

「我有個想法，等我一下。」

妮妮拿著手機出去了。過了一下子，她回來了，而且臉上多了點慎重。

「我剛看了一下時間，差不多了。」

「差不多了？」

「差不多是教授打電話來的時候了。所以如果這通留言證明這女生是共犯，我們就得用最快的速度放回去。不是真的的話，就可以裝好錄音程式再放回去。」

「我認為無論是不是真的，錄音程式都得裝。」瑞宏卻說。「可以錄一下通話，也能有決定性證據。」

「那就先裝吧。」

瑞宏拿過手機，忙了一陣之後將某個東西裝了進去。

「好，把『防定位艙室』關掉。」妮妮說。「來囉？」

然後妮妮撥通了「123」。

「您有『一』個新留言，來自09XX-XXX-XXX：」

「**喂，子薇！**」

森英聽到這個聲音時嚇得跳了起來。

那是教授的聲音，但那聲音非常非常地恐怖，感覺要將電話另一頭的人生吞活剝。

**「跟我更新一下妳那邊的狀況！還有妳對羅森英的想法怎樣了？馬上回報給我！」**

留言到這就中斷了。而森英腦袋一片空白。

「森英，你拿著這個快點走——」

妮妮塞給了他一支手機。

「我去把這支手機關機放回去，其他人先解散！」

森英衝出「16毫米」之後一路狂奔。

他無法想像。

這代表了兩件事。

第一，教授老早就想以俱樂部為目標。論文案不管是不是真有其事，都是教授為了將俱樂部從黑暗中拉出來，準備一舉殲滅，並同時利用這篇論文將自己推上高峰的大膽嘗試。

第二，不管是不是被脅迫，子薇都是共犯。無論是論文案，還是對俱樂部的作戰都是。

不對……

子薇的那句「教授還是在逼我，在逼我做我不想做的事情，逼我……」的下文，有沒有可能正是「逼我對付俱樂部」呢？

但無論如何，森英已經非常接近曝光了。恐怕從那時候教授意外撞見他調配「惡作劇溶液」，卻故意幫他開脫之後，就已經開始注意了……

啊啊啊啊啊啊！

森英不知道該說自己是愚蠢還是遲鈍了。

已經落得這步田地，俱樂部只能再戰一把，而且是背水一戰。

在森英意識到之前，他已經回到了家裡，家門深鎖。他一個人躺在床上，大口大口地喘著氣，一隻手放在額頭上，感受汗水浸溼衣服的冰涼感。在寒冷的冬天，理論上他不應該做這種一個小時之後就會讓自己感冒的事，但他也顧不了這麼多，就只能這樣躺著，一動也不動。

過了很久，森英想起了口袋裡的那支手機。

他拿起那支手機。打了開來。

隨後一封訊息跳了出來，是來自「123」的訊息。

森英撥了過去。

「您有『一』個新留言，來自09XX-XXX-XXX：」

「森英，是我，妮妮。」

「妮妮——！」

「我把手機放到失物招領了。」但他忘了這是留言，他不可能跟留言的妮妮說話。「最近我們兩個可能都得休息一下，不能多從事俱樂部的事情，畢竟我也在子薇面前出現了，我也有危險……但是你還是要待在實驗室，繼續做你本來做委託會做的事情。這樣教授才會對你放下疑心，以為你跟委託沒有關係。我希望你小心一點。」

「妮妮……」

「我們剛才收到了來自子薇的委託，正在想要怎麼辦。如果你有想法的話，打電話到這支手機，不要打給我平常的手機。總之，我們保持聯絡，再見。」

森英掛掉了電話。

然後，他突然有了什麼想法。

森英連滾帶爬地從床上坐了起來，爬到了旁邊的書桌上，打開了一個文字檔。

過了很久很久，天色已經全黑。森英看著他那份僅有數百字的文件檔，心中五味雜陳。系上的教授想要除掉俱樂部，這不是他能控制的。

但他能控制的是，在這場俱樂部首次大戰之中，他能夠幫到多少忙。

他拿起手機，撥給了那支手機之中唯一的號碼。

「嘟──嘟──嘟──」的通話聲響了很久很久，森英的手指在桌面上敲擊著，每「嘟」一聲就敲了八下，「嘟」與「嘟」之間的間隔再敲八下。他很清楚地知道自己想要跟妮妮說上點話，想要告訴妮妮自己可以幫忙……

終於，一聲幾乎細不可聞的「噠」。

「喂？」

「妮妮?!妮妮是你嗎？」

「我耳膜要被你震破了啦！是我沒錯，冷靜點。」

「對不起……對不起……」

「是我們的失算。」妮妮說。「不是你的問題。現在的你當個臥底，就是對我們的最大幫助了呦？」

「我……我沒料到子薇是教授的人，還把你們捲下來……」

「我也沒料到。」妮妮說。「但只要俱樂部四個人都還能做事，四打二是不會輸的。」

森英對於妮妮這種莫名的信心感到懷疑，為什麼她這麼有信心俱樂部會贏？

但眼下，萬一連身為領導人的妮妮都失去信心，俱樂部就真的會被擊垮。

「而且從留言你也知道啦，子薇是被迫當教授的人的。」妮妮說。「威脅利誘我們也會呦？稍微操作一下也是可以的。我跟瑞宏正在想要擬份稿子，透過子薇的那個委託給她，讓她考慮站到我們這邊來，反而讓教授窩裡反。」

「關於這個……」

森英將自己電腦螢幕上的文字檔內容念給了妮妮聽。

本以為妮妮會有喜出望外的反應，卻沒想到——

「……好中二呦。」

「蛤？」

「原來我的前男友這麼中二的嗎？感覺不後悔跟你分手了。」

「本來就沒有在一起！那個前提是錯的！」

「哼——？想放棄跟校花卿卿我我的時光呢。」

「不，那不是重點啦！稿子！」

「嗯……好吧，以這為基底，幫你潤一下稿子好了。」妮妮說。「把『吾輩』什麼的去掉應該就會好一百倍了。」

「……寫的時候覺得沒什麼，但聽在耳裡感覺好羞恥啊。」

「你才懂我剛剛的感受呢。」妮妮笑了。「把改好的東西給瑞宏，說是我寫的，他應該不會有意見啦。」

「嗯，謝謝。還有稿子最後提到的那件事……」

「可以呦，這點小事我們可以幫忙的。」

「那就好，謝謝。」

深夜，子薇的家中。

距離丟委託已經過去很久了。

拉子薇進入論文案的共犯體系，只是教授的第一步。教授擁有了必須要讓子薇聽命於她的籌碼，讓子薇只能依附於教授之下。

接下來最狠的，是在這一次即將轟動化學學界的發表中，將俱樂部拉上檯面並公開所有成員，一舉擊敗俱樂部的計畫。那是由於子薇不小心在一次抱怨中，明明沒提到作假數據，卻說出「想找人——最好是俱樂部——做掉教授」的事情，被教授聽到風聲。加上教授對俱樂部的調查，才讓教授確信這次俱樂部幾乎肯定會出手。

子薇在教授的喝斥之中，才發現他早已懷疑森英是「裝病專區」背後的人，而今天她又不得已將森英跟妮妮一起出現的事情上報了，教授想必會花很多時間在調查兩人上面。

再加上今天在脅迫之下丟的那個委託，她非常非常不知所措。

因為那是「裝病專區」的委託。而這委託很明顯，就是要針對已經被懷疑的森英。在教授的計畫中，子薇循著指示獲得加料麵包的途中，她必須逐步上報並協助教授引出「裝病專區」背後的人物。而教授的下一步，就是宛若拉粽子一樣一口氣拉出一串，將整個無惡不作俱樂部拉到陽光下讓人公審。

如果真的是森英呢？

如果森英不知道這一切，真的接下了委託呢？

如果真的在這次事件之中，子薇藉由了自己的手，摧毀了她最崇拜的義賊，她最憧憬的俠盜組織呢？明明就是因為自己太過崇拜他們，才會被教授知道，才會被教授盯上並想要將之抹除……

「叮咚。」

突然手機跳了通知出來。上面用藍色的字寫著「委託已處理」。

子薇倒抽了一口氣。

然後又是一聲「叮咚」，「您有新訊息。」

子薇感到不解。

新訊息？已經可以去拿加料麵包了？

她將訊息點開。

親愛的葉子薇同學：

我們已知悉您與陳宗智教授的合謀，企圖將我們的存在抹除。但無惡不作俱樂部屬於黑暗，也永遠會在有黑暗的地方，做著見不得光的、你們所不敢承認的黑暗之事。既有光明，方有黑暗，既有你們，才有我們。

只要有見不得人的事物，我們就會蓬勃發展。您無法擊敗我們，也無法澈底消滅我們。

我們知道山雨欲來，也已經準備使出全力對付你們。

但，我們願意給您一個機會。如果您願意協助我們，點擊下面這個連結，您的手機就會變成一台可遠端控制的錄音筆。但需注意，按下連結之後，您便無法反悔。

事成之後，我們將會接納您，您將成為俱樂部的特殊保護員，永遠受到黑暗的庇護。

您誠摯的，

無惡不作俱樂部

俱樂部知道了……？

並且，明明她要幫助教授擊敗俱樂部，俱樂部希望將她拉過去……？

而且她最崇拜的俱樂部……居然要讓她特別受到他們保護？

俱樂部做得到嗎……？重點是，如果她反悔呢？

不對。子薇之所以會一直不敢委託俱樂部，對於這件事情出爾反爾的原因，就是因為俱樂部不知道會不會幫忙，以及子薇能不能扳倒教授這兩個問題。第一個問題已經解決了，俱樂部決定跳出來自保了，而第二個問題就是火力全開的俱樂部，能不能擊敗強大的教授？

但就俱樂部過往的紀錄來看，只要他們願意，沒有做不到的事。

子薇看著那個連結。

然後心一橫，閉上眼睛，按了下去。

# 第九章 ⚜ 背水一戰

跟妮妮的通話已經過去了一個多禮拜。

這一個多禮拜以來，森英依然照常在課餘造訪實驗室，照常隨便拿著一些化學藥劑配著溶液。只是，這些溶液最後都會在夜深人靜時，被森英偷偷地倒進廢液回收桶，以做出「森英的實驗跟消失的『裝病專區』委託一點關係都沒有」的假象。

另一方面，「裝病專區」現在完全停擺。教授雖然一定觀察到了這個現象，但能不能觀察到森英幾乎沒有改變的作息，藉此解除森英的嫌疑，就只能祈禱狀況真的會朝森英期望的方向過去了。

這是目前他能做的最多了。再多就只是看著子薇，看看她有沒有做出什麼奇怪的事情。

根據瑞宏提供的情報，子薇的手機現在已經成為了瑞宏遠端控制的錄音筆。可以隨時進行錄音，也可以隨時將錄音檔上傳到俱樂部的雲端硬碟備份。這樣就不需要害怕在取得錄音之後，會因為被教授起疑而發生手機被拿走，進而造成關鍵證據消失的危險。

說起來俱樂部的實力還真的是夠可怕的……遠程錄音、防定位、各種炫砲的交付委託用機器，這些都還只是瑞宏一個人的功績。到底還有什麼壓箱寶是俱樂部還沒拿出來的啦？

但無所謂。為了能打贏這場仗，再外掛的東西，都只是讓這場仗更好打的必要手段而已。

森英看了一下正在忙的子薇。

子薇還在改她的研討會用投影片，似乎教授還是對很多東西不滿意。雖然子薇看上去一臉不情願，但這也沒辦法，在俱樂部出手之前，子薇似乎也只能忍一忍。

一般來說，正常的指導教授就已經會讓學生感到壓力了。碰到這種的還真的只能念句阿彌陀佛，然後硬著頭皮上，祈禱不要在掛了第一作者之後的哪天被爆出來。

森英停下了他的手，然後走到子薇那邊。

「子薇？」

「啊……森英……」

子薇揉揉眼睛，打了個很大的哈欠。她似乎已經很疲累，儘管現在的時間大概只有下午三點多。

「好累……」

「休息一下吧。妳坐太久了。」

「嗯……」

子薇離開電腦，站了起來稍微活動了一下筋骨。

「啊……好想去打個網球、游個泳之類的……」

「我……我大概不行吧……」

森英的貧血會讓他在做這些運動的時候，一旦太過激烈就會身體不舒服。

「咦？不行嗎？」

「不行啦，我貧血太嚴重了。」

「喔……那森英是怎麼跟游泳校隊隊長的黃妮妮交往的？」

森英不知道該不該談論妮妮。談了，可能會增加妮妮暴露的風險，不談，卻又好像違背了「森英跟妮妮交往」的這個設定。正常來說談到自己貌美如花的校花女友，不是應該都要很興奮的嗎？如果森英一副興趣缺缺的樣子，那就穿幫了。

「就……偶然吧。剛好我們有共同興趣？」

「是什麼啊？」

「嗯……吃美食？」

正確答案不可能說出來的，「做委託」絕對是個解釋起來超級麻煩的共同興趣，而且森英明顯也沒有樂在其中。

「啊……美食啊……那黃妮妮會想吃我做的東西嗎？」

「她不是都說了，她很不爽我都不讓給她吃嗎？」

「欸嘿嘿……也對……」子薇害羞地笑了。「最近忙到都用不了廚房了，教授一直要我改東西……但我決定不管他了，我跟俱樂部現在站在同一條船上了。」

森英看著子薇。

「森英……你老實告訴我，」子薇說。「你跟俱樂部有關係嗎？你是成員嗎？」

「咦？」

「教授想要幹掉俱樂部，然後他懷疑你。」

雖然這是件他早就知道的事情，但再聽一次還是很震撼。

「當然沒關係啦……」森英說。「我可是被俱樂部害得很慘呢。」

雖然說某種程度上也沒錯啦……森英只是挑了個比較能圓過去的說謊方式而已。

「喔……我就想說森英怎麼可能……」子薇抓了抓頭。「對嘛……教授的疑心病很重欸……」

「嗯嗯……」

還好沒被追問……不然要是真的問起森英到底是怎麼被俱樂部花式害慘的，森英雖然因為身在俱樂部內所以各種委託的故事一大堆，但感覺挑一個故事出來掰還是很麻煩。

「唉，雖然是這樣說。」子薇說。「但目前為止俱樂部都沒什麼動靜……這幾次跟教授討論的時候，我都照著他們的指示做了，不知道有沒有用……嗚嗚……」

子薇的眼中又有眼淚開始骨碌碌地打轉著，感覺隨時都可能衝出來。

「子薇……別擔心，那個俱樂部的話應該沒問題的。」

「嗯……可是還是好煩惱……」子薇說。「相信他們是我一直以來唯一能做的事情，可是也只能相信……」

子薇吸了一下鼻子。

「不過他們也說我不能反悔了，也就只能用力上了。」

「沒錯。」

「呼……那就今晚最後討論的時候加油吧！」

「最後討論？」

「對呀，今晚是我跟教授的最終確認。」子薇說。「應該也算是最後一次討論要怎麼排定東西了。之後可能就只會小小修一點點，頂多改一下投影片順序，應該吧……」

「……嗯，那晚上加油吧！」

「嗯嗯……」

子薇的眼神多了點不確定。

出了306之後，森英趕往下一堂課的地點時，用那支妮妮給的手機發了簡訊，告訴她最終討論的事情。

照理來說，最終討論勢必只有子薇跟森英知道。妮妮要怎麼利用這個情報，並且不讓森英暴露，確實是件很耐人尋味的事情。特別一直到目前為止，由於妮妮的授意，森英跟俱樂部其他人幾乎是完全斷絕聯繫的狀態。另外幾個人究竟打算怎麼做，以及他們已經進行到哪裡了，森英在從瑞宏確定子薇打算一起上船之後，就完全沒拿到任何情報。

明明只隔了大概一週多一點，但已經有種「很久沒有跟俱樂部的人有過聯繫了」的感覺……畢竟平時的這個時候森英大概在瘋狂買麵包，準備交付委託，而現在這些日常全部被拔掉，頓時多出了很多空閒時間。

森英也開始認真上課。說來諷刺，平常上課的時候他的注意力大概都只有一半在課堂上，另一半不是在思考該去哪搞到一堆七折便當跟半價的到期麵包，就是回憶哪個晚上的實驗室不會有其他人。

也因為認真，課堂一下就過去了。而一直到下課的時候，森英才看到自己的手機裡有封訊息。

「六點半，老地方。」

那個號碼是妮妮。

六點半老地方……所以是有大事要發生了……

森英吞了口口水，然後看向牆上的時鐘。

六點二十七分。

喂喂喂不是吧?!三分鐘最好是可以從系館到「16毫米」啦？

況且森英還貧血，最好是可以狂奔啦?!

森英一邊咒罵把手機訊息提示改成靜音的妮妮，一邊傳了封訊息說自己會遲到。

「抱歉……」

「你小子很敢嘛，行前大會也敢遲到？」

「你會看日期嗎？研討會是後天。」

「好啦好啦，好好上課也是當臥底的一環，森英進來吧。」

在走了快十五分鐘之後，森英終於再次出現在熟悉的包廂。

包廂一樣用暖色光照著，黑色的高級沙發上，坐著抱著筆記型電腦的瑞宏，以及搖晃著一杯威士忌的妮妮。宏麟一樣充滿殺氣地站在門口迎接森英……這種感覺，雖然還是讓他感到超級害怕，但卻同時竟然讓他有點懷念。

「好久不見，大家……」

「安靜。」瑞宏卻只在筆電上打出這句話。「監視器上那女生要過去教授辦公室了，要開始了。」

所有人都一副非常緊張的樣子，就連妮妮也露出了少有的緊張表情。

「怎麼了嗎……？」

「他媽的還不就你小子差點暴露！」宏麟吼著說。「『裝病專區』完全停擺之後，那傢伙就知道我們在懷疑他了！你在系上解除嫌疑的同時，那傢伙可是找人在道上地毯式搜尋，老子可差點被起底出來，幹……」

「所以我們懷疑今晚的最終談話不會那麼順利。」妮妮作結。

「……子薇會有危險。」森英突然想到什麼。

「沒錯。」妮妮說。「我又拜託瑞宏把錄音程式大幅改動了……現在的版本據瑞宏說更隱密，不是刻意翻完全看不出來有在錄音……我只希望這個版本行得通。」

「還有備案嗎？」

「有。」妮妮說。「但我們先看看吧。瑞宏？把同步播放跟同步上傳都打開，隨機應變。」

瑞宏稍微在電腦上打了幾個字，然後螢幕上監視器畫面中的子薇走進了教授的辦公室。

「……教授。」

透過同步播放發出來的，是子薇的聲音。
「子薇。妳的投影片到底在做什麼？」
這毫無疑問是教授的聲音。就像一個多禮拜前那封語音留言一樣，殺氣滿滿、令人害怕。
「……我。」
「妳這是第一作者該做出來的投影片嗎？邏輯不通，該放的東西也沒放……」
「我……對不起，我會把東西改好的……」
「去改，邏輯順一點。圖放我要妳修改的那些。」
「好的……」
然後是一陣啜泣聲。
「……教授，如果我東西改好了，研討會當天我可以請病假嗎？」
「什麼意思？」
「我……那不是我的論文，不是本來的樣子，我不想……」
「事到如今妳還在說這些啊？改了就是改了，改的人還是妳自己，妳身為第一作者怎麼可以不出席？」
「我……我不願意……改這些又不是我的意思……」
「……」
一陣靜默。森英可以感覺到俱樂部的所有人全都大氣不敢喘一下，雖然理論上錄個音是不會將自己的聲音傳到對面去的，但大家還是非常緊張。

「羅森英還在做實驗？」

「對，沒錯。很多天的課餘都會看到他。」

「哼，無惡不作俱樂部這群傢伙，還真難找。看起來我們想對付他們的事情曝光了。」

森英看著妮妮，而妮妮的眼神非常謹慎，就算她看起來已經三杯黃湯下肚也一樣。

「咦？」

「整個『裝病專區』都停擺了，學校裡的偷竊事件也少了很多，什麼都查不到。看起來俱樂部完全消失了……不管從哪都找不到為什麼他們會知道我們想對付俱樂部……」

「……」子薇的啜泣聲非常明顯。

「不對。俱樂部會知道我想對付他們，原因只剩下一個。」

然後時間彷彿靜止了。

森英幾乎已經可以想見接下來會發生的事情。

「瑞宏，把所有功能切掉！整個程式關掉！」

妮妮先一步發出聲音。緊接著不只是兩人的對話消失了，錄音程式的整個介面也全都關掉了。

子薇窩裡反的事情被發現了。

「瑞宏！你有做好防護嗎？」森英著急地大喊。

「小看我？當然有。」瑞宏在螢幕上寫道。「但是，沒辦法完全消除痕跡。」

「咦？」

「安裝過程式就一定會有痕跡。我當初是偽裝成別的應用程式裝進去，然後默默背景執行另一個程式。」瑞宏表示。「但只要教授去看安裝的時間紀錄，就可能會發現有問題。」

「……不是吧。」

「我們會有因為那支手機而暴露的危機嗎？」妮妮問。

「兩邊的程式碼都有做過偽裝，除非教授從安裝痕跡猜到是我們，不然不會有危險。」瑞宏回答。「但是要是真的聯想到了，那邊也無法追蹤回來我們這邊。」

「也就是必要的時候，可以放棄那個女生？」妮妮問。

「是。」

「但是……但是……但是……」森英慌了。

不行。拉子薇窩裡反的文案是他原作的，子薇之所以會遭遇危險，跟俱樂部也有很大的關聯。他沒辦法想像子薇就這樣被教授脅迫，然後做出更無法挽回的事情……

森英掩著自己的臉，他知道自己快失控了。

「但是，要是那個女生被教授逼著翻供，我們也很危險吧？」

突然妮妮的一句話，讓森英把頭從掩住臉的兩隻手中抬起來。

一陣靜默。

森英看著妮妮，而妮妮報以一個微笑。

「監視器還在嗎，瑞宏？」

「在。現在還沒有人進出那間辦公室。」

「瑞宏，一旦那條走廊有什麼動靜就告訴我們，然後用最快速度把那個女生的委託從網站上拿掉。」妮妮說。「森英，宏麟，我們出發吧。」

過了十幾分鐘，森英等人抵達系館。

根據瑞宏，就在他們離開大概五分鐘後，子薇走出了辦公室。她已經回到了306實驗室，然後一直到他們抵達系館樓下的現在都沒有出來。

「宏麟，教授的辦公室在六樓，實驗室在三樓，所以你待在四樓交誼廳準備支援。」妮妮說。「森英，把這塞進耳朵裡。」

妮妮給了森英一個看起來很像歌手用訂製耳麥的東西。

「這什麼？」

「迷你對講機。」妮妮說。「宏麟，你也拿一個。」

三個人最後一起把迷你對講機給戴上。

「只有森英的那個會錄下所有對話，我跟宏麟的要按下去才會開始通話。」妮妮說。「所以森英你一般是聽不到我們的聲音的。」

「我懂了。」

「去吧，去看看情況。」妮妮說。「我會在二樓，有什麼狀況要過去幫忙我會先講。」

「拜託你們了……」

森英說完開了門，三個人一起走進了系館。在妮妮的安排下，三個人分別走三個不同的樓梯到定位。森英到了306門前，用力地深呼吸。

子薇會又被脅迫嗎？重點是教授為什麼會放她出來呢？難道子薇答應翻供了嗎？

想必是這樣，才會在切斷通話沒多久之後，監視器就看到子薇出了辦公室。子薇可能答應了什麼條件，以換取自己的人身安全。

希望不要是什麼無法挽回的條件……

森英刷了卡，走了進去。

子薇一個人失了神似的坐在自己的位子上。

「子薇……？子薇？妳還活著嗎？」

「啊……」子薇坐直了起來。「森英啊……」

「妳的討論……」

「嗯……很差哈哈。」子薇苦笑了一下。

「……」

「森英？小心監聽。」突然妮妮的聲音傳來。「不要提任何重要資訊。」

森英差點要回「知道」，但他只要一回話子薇就會察覺不對勁，如果真的有在監聽，那恐怕就是直接變成甕中鱉了，所以森英要非常小心。

所以他最後只是吞了口口水。

「……很差是怎樣的很差？教授還要妳再改數據嗎？」

「是沒有啦，他就罵說投影片做很爛……」子薇說著說著卻開始顫抖。「還有……還有他懷疑我是俱樂部的臥底，所以責問我……但是我對俱樂部的了解只有前幾天被教授脅迫丟的裝病委託，但我在教授面前登入之後發現，那個委託也消失了。」
森英又吞了口口水。
還好瑞宏有先砍掉，不然教授要是看到裡面的字，後果不堪設想啊！
「所以，他拿了我的手機。」子薇說。「但因為沒有打過電話也沒有任何異狀，他最後找不出來任何證據，只好放我離開。」
「喔……」
「可是，他又要我把投影片的作者名字改成我自己跟他一起放……這樣不就不能脫罪了嗎？我還一定要出席……好想裝病喔，可是大家都說，『裝病專區』現在完全都沒有動靜了。」
沒錯。
不能丟「裝病專區」，因為那已經是會被注意的範圍。
那就不要丟「裝病專區」，但是丟裝病方面的其他委託就好了嘛？
或甚至更狠一點的，不是由子薇去丟，而是由森英去假裝丟委託，然後拿回一個其實是森英自製的加料麵包給子薇，事情不就解決了嗎？
森英告訴子薇他的想法。子薇馬上破涕為笑。
「太好了！」
這麼久以來，森英覺得這是他看過子薇最高興的一次。
「管他的教授，我相信俱樂部。」

研討會當天，是個晴朗的星期二。

天氣不只是好，而是非常好，好到森英平常會想去校園中走走的程度。天空中僅有幾朵雲，讓和煦的冬陽能夠直接灑在校園的草地上。如果能夠坐在湖畔的座位區，手上拿著一杯咖啡，就著今天不算太冷的微風，與三五好友聊天，那絕對會是非常棒的午後時光。

但只有森英他們知道，在這美好的一天之下，暗藏的是山雨欲來。

下午兩點，森英走進了系館的禮堂。他的耳中戴著迷你對講機，手機連到了委託網中，俱樂部四個人為了這次委託創建的即時聊天室。之所以會額外創這個聊天室的原因是，在一片安靜的演講之中，如果森英沒來由地對著迷你對講機講話，在外人來看不只是可疑，還是會形成全場焦點的那種可疑。

「森英那邊狀況怎麼樣？」

「我進來了。」森英回覆。「要開始了。」

「瑞宏那邊呢？」

「影片確認過了，沒問題。」瑞宏表示。「丟了很多個聲音辨識軟體測試，都沒辦法還原出是妮妮的聲音。」

「小姐講話的口癖有去掉嗎？」

「有呦，這種事情我不會忘記的。」妮妮回覆。「瑞宏看直播，找到時機就發動攻擊，宏麟準備潛入。」

「收到。」

森英收起手機。

「接下來的講者是陳宗智教授，陳教授曾經獲得……」

來了。照著時程表，教授的演講就是下一個環節。

根據時程表，教授的演講大約長三十分鐘左右。由於後面還有其他講者，再後面還有晚餐時間，不太可能有太多延遲。一般來說講者還會預留五到十分鐘的問答時間，提供給與會的各路專家，針對演講內容提問。所以根據他們行前的估計，教授開始演講後十五分鐘左右，就會講完實驗設置跟動機等等，講到子薇所竄改的圖表。

森英屏氣凝神，坐在台下看著。

他看著教授上台，看著教授走到了講台後面，拿起雷射筆，打開那個簡報檔。

鐵基錯合物的激發態分子內質子轉移

作者：葉子薇、陳宗智

上面當然都是用英文寫在簡報之中，但就算是這樣，森英也認得出子薇的名字。

「各位與會者大家好……」

森英拿起了手機。

「演講開始了。」

「瑞宏，開始打進去！」

「收到。」

三封訊息大概只花了不到三十秒就傳遞完成。俱樂部現在全體在線，森英的神經現在完全繃緊。他可以感覺自己吞口水的時候，那滴口水滑下喉嚨的觸感。可以感覺到自己額頭上的汗水，無視不怎麼高的氣溫跟禮堂的超強冷氣汩汩流著。甚至可以感覺到自己拿著手機的手顫抖著，完全抑制不住。

教授就這樣講過了前面的內容。如果直播沒有延遲，瑞宏那邊也會同步看到教授的進度。

「我就定位了。」妮妮的聲音透過對講機傳來。

妮妮這次的任務是行前偷到工作人員的員工證，並以此侵入系上的電力中心，準備在瑞宏要播放影片前一刻將整個禮堂的燈光切掉。雖然演講是用投影片，但實際上禮堂此時的燈光沒有全關，只有關前半部的燈光。

對妮妮來說，這應該是頗易如反掌的事情。

「狀況不太妙，妮妮。」

突然，瑞宏的訊息跳出來。

「怎麼回事？」

「小子，發生啥事了？」

「加強防禦的不只是教授的電腦。會場的電腦也是。」瑞宏說。「而且比教授那邊更複雜，看起來是資安人員自己操刀的。」

「你需要多久？」妮妮問。

「十五分鐘內搞定。」

慘了……演講開始已經大概過去五分鐘了，再十分鐘不到就會進入結論的部分，準備要秀出偽造的圖了。瑞宏需要在那之前成功入侵進來，否則俱樂部的一切心血都會泡湯。

「只差十分鐘了，瑞宏！」

「閉嘴，我知道。」

「要是演講提前結束，森英你就想辦法拖時間。」妮妮只能下達這個命令。

森英吞了一口口水。

「我知道了，妮妮你那邊小心。」

畢竟要在電力中心或電力中心附近待著十五分鐘不被發現，還真的是件很難的事情。

森英繼續回到演講。教授已經大致上將實驗及事後分析的設置做了一個統整，並且將實驗的步驟整理出來。雖然投影片的主要製作是子薇，但不得不提，全程參與其中的教授也講得井井有條，把一切梳理得好像真的有那麼一回事，從外表完全看不出這些東西幾乎完全是假的……

「然後，以下是我們的實驗結果……」

森英深呼吸了一下。

投影片切換。

果不其然，上面所展示的就是教授叫子薇竄改的「成果」了。曲線、改過的光譜，全部都跟那天在教授桌上的論文初稿一模一樣。

如果這時候，瑞宏能夠剛好出現打臉教授，那無疑會是非常沉重的痛擊。

但現在看起來，瑞宏還是遇上了障礙。

「瑞宏你那邊怎麼樣了？」

「最後一關，大概還要五到十分鐘。」
「我這邊隨時可以切掉燈光。附近沒有人。」
「老子進來了。等瑞宏那小子準備好就可以開始了。」
森英關掉手機螢幕。
預估教授的演講也是大概五到十分鐘結束，只要這時間瑞宏沒進來，那一切就幾乎等同泡湯。在別人的演講說上一個講者講的全都狗屁不通，雖然也是可以妥協的作法，但總比不上當面打臉所帶來的威力。
況且站在台上被抓包可是幾乎逃不掉的。在台下看見影片開始播放，覺得苗頭不對還可以偷溜，台上講者離門口可是要跨過整個禮堂，怎麼想都不可能逃走。
怎麼辦……該怎麼拖延時間？
這裡不能用俱樂部一貫的不正經做法了，會被懷疑。唯一一條路只剩一個，那就是在演講結束後的問答時間瘋狂問問題，想盡辦法不讓教授下台並拖到瑞宏進來。
森英深呼吸，並開始規劃等等的問題。
可能過了很久，也可能只過了一下，教授將感謝名單等等的東西講完，結束了這場演講，進到了問答時間。
但大螢幕上依然沒有動作。
「瑞宏？」森英發訊息問。
「三分鐘。」

「森英？」妮妮回覆。

「只能硬著頭皮上了。」

森英將螢幕鎖上，然後看著台上的教授。

有一、兩個白髮蒼蒼的與會學者發問了。而教授不慌不忙地應答。顯然教授早就預想到實驗結果要是不太對勁，其他專家們會怎麼切入、怎麼下手。所以他非常有條理地化解了大家的疑問，然後解決了前幾個提問者。

接下來幾個人是學生。他們發問的層面比較接近對整個實驗的不了解，因此教授不斷補充說明。

但森英覺得，不了解很正常。這根本不是正規的實驗方式得出的結果。

然後，最後一個人的問題結束了。

但大螢幕依然沒反應。

「羅森英？」瑞宏那充滿磁性的聲音從對講機裡傳來。「拖時間。一分鐘。」

森英下定了決心。他咳了一下清了清喉嚨，順便壯膽。

「教授！」他用力舉手。

「啊，森英。」教授用他那平時和藹的語氣點了森英起來。「跟大家介紹，這是我年輕有為的學生之一。」

不，今天之後，就再也不是了。

「可以麻煩您到第八頁的實驗過程嗎？」

教授切換了投影片。

先從實驗過程下手。森英是真的不了解子薇怎麼做的，所以他可以問一大堆東西。

「我想詳細詢問這一步的過程，是怎麼配置這種相對複雜的藥劑的？」

「啊呀，這是個好問題，首先我們……」

教授開始侃侃而談。森英基本上沒什麼在聽，他只關心瑞宏能不能及時進來。時間一分一秒過去，森英覺得教授的話越來越模糊，簡直就像隔了一層牆壁聽他說話。明明教授手上的麥克風沒有故障，但森英什麼都聽不清楚。

「大概就是這樣，還有什麼問題嗎？」

瑞宏還沒進來。再一個問題，羅森英，動腦！

「麻煩幫我到第十二頁的結果部分。」

教授切換了投影片，來到了那個全地球上只有俱樂部、子薇跟教授知道這不是真的的實驗結果。

「可以詳細詢問這張曲線背後的數學邏輯嗎？」

「可以。首先我們……」

然後就在這個時候。

「進來了！妮妮！」

瑞宏的聲音從對講機中傳來。

下一秒，會場的燈光全部熄滅。大螢幕上也出現了一個黑色的方格。

來了。俱樂部或許會遲到，但一定會到。

「你要確定你說的是真的喔？陳宗智教授。」

那個聲音刺耳、尖銳且充滿了老遊戲的 8 bit 感。瑞宏將妮妮的聲音改變得幾乎認不出來是本人，不只掩護了俱樂部成員的身分，而且聲線中毫不隱藏的機械感，也在現場布下一種不安感，凸顯出了現在是「被入侵」的這個事實。

然後影片開始播放。

「以上的所有實驗結果，都是有問題的。」影片的聲音說。「教授的團隊沒有辦法製作出對的結果，因此在教授的授意之下，將原本這些合理但不漂亮的結果改掉，成為各位與會者現在看到的這些『結果』，這些虛假的後期製作。」

然後影片一一秀出子薇所分析出來的，原本的實驗結果。

台上的教授只剩下剪影，但就連只剩剪影也看得出他慌了。他看似想要奪取電腦的控制權，但瑞宏不可能這麼簡單被擺平。

「啊……技術人員麻煩請支援！」

教授喚來了禮堂電腦的負責人，但一樣沒用。一旦滑鼠移動，瑞宏那邊就會遠端將滑鼠再移回去。一旦影片被鍵盤快捷鍵停下，瑞宏就會再重新播放。兩邊就這樣呈現拮抗的態勢，一路到那個關鍵的片段。

「而教授最罪不可赦的，是脅迫他的學生，也是這篇即將發表的論文的共同作者葉子薇竄改實驗結果。以下是兩邊交談的對話錄音：

『……教授，如果我東西改好了，研討會當天我可以請病假嗎？』
『什麼意思？』
『我……那不是我的論文，不是本來的樣子，我不想……』
『事到如今妳還在說這些啊？改了就是改了，改的人還是妳自己，妳身為第一作者怎麼可以不出席？』
『我……我不願意……改這些又不是我的意思……』」
到此，教授已無力翻身。森英看見他的剪影已經放棄掙扎，而譁然的群眾也開始瘋狂躁動。
「怎麼可能！教授這麼大咖！」
「迴歸是假的……這篇論文一點意義都沒有！」
「這些是真的還是假的啊？這是怎麼回事？」
而教授見狀正準備逃跑。
「宏麟！」森英趕忙趁亂對著對講機大喊。
下一秒，從舞台布幕後伸出了一隻手，朝著教授的左肩就是一下手刀。教授被這一下打到跪倒在了地上。
然後下一個瞬間，教授開始嘔吐並全身無力。
奏效了！

雖然控制精準的發作時間很難，但那是森英的「惡作劇溶液2.0」，效果是讓服用者發生急性腸躁，有可能會嘔吐或甚至上吐下瀉，但總之一定會全身無力。森英今天早上趁教授不注意的時候，在他的午餐裡偷偷動了些手腳，甚至還事先跟妮妮學了一點神不知鬼不覺的技巧。

「開溜了各位！」妮妮的聲音傳來。

森英趁亂溜出了禮堂，跟等在外面的宏麟會合，一起逃出了早已陷入混亂的研討會現場。

與此同時，子薇的家中。

子薇本來不抱期望了。

看到教授的演講順利結束，子薇本來以為俱樂部失敗了，或是不幫忙了。

不，不會不幫忙的。子薇都已經事先讓森英去丟委託，拿了加料麵包吃下去，然後順利地發了高燒，拍了一張高達三十九度的溫度計照片寄給教授，表達自己必須請假之後，教授雖然明顯非常不情願，但因為沒有辦法查到委託紀錄，也只能同意子薇告假。

她看見森英起立問問題的瞬間，隱約感覺到有點不對，但她也說不上來哪裡不對。

然後就在森英的第二個問題出現後，會場燈光全暗。

子薇一開始以為是直播壞了。但隨之而來的，便是那機械且恐怖的聲音。

它秀出了子薇真正的努力結果，子薇被教授脅迫的證據。然後現場便陷入大亂，有很多人上台抓住教授，而教授不知為何早已倒在自己的嘔吐物中，導致最後大家雖然將教授團團圍住，但看得出來大家跟教授之間保持著一小段距離。

而這部影片的最後，那個機械的聲音將所有證據公布之後，又繼續說：

「這件事情值得大家的關注，也值得被公諸於世。」那聲音雖然機械感滿滿，但明顯語帶嘲諷。「你問我們是誰？為什麼要揭發這次事件？因為我們是——」

然後大螢幕上秀出了十一個字。

黑底、黃字、藍色的點綴，宛若美式餐酒館的復古風霓虹燈般，在螢幕上瞬間點亮。

「**無惡不作俱樂部　向你致敬**」

隨後直播便被切斷，而在螢幕的這邊，子薇流下了眼淚……

我，我終於得救了……

# 尾聲

「所以，我們會有慶功宴嗎？」

森英問著走在身邊的妮妮。

「哼哼，你想得美。」妮妮說。「俱樂部可是還在運作呦，不可能因為這種小事就吃什麼慶功宴的。」

這天是一月的最後一個星期五。學校已經放了寒假，而森英也準備回家短暫過年。因為寒假已至的關係，附近的街道上學生族群少了很多，可以顯而易見的是上班族的比例增加了。但因為這邊的名店很多，所以人潮依然川流不息。

而這天，也是一月的共評大會。因此森英跟妮妮正一起前往「16毫米」。

「等等，這算是小事嗎？」

「這個嘛，確實也不是。」妮妮攤手承認。「我的目的達成了，多虧了你呦。我可以私下請你吃頓飯就是了。」

「妳的目的？」

「之前不是就說過了嗎？」妮妮笑了。「我希望俱樂部質變，成為能夠負擔更大委託、更不可思議惡作劇的組織。為此，我們的第一場大戰勢必要成功，才能讓其他人認為『俱樂部是可以做這些的』，從而才會有下一次、下下一次。」

「所以妳才會推動這些……」

「哼哼。」妮妮說。「話說森英啊？」

「咦？」

「你有意識到這個委託其實不是一件『壞事』嗎？」

確實。這次的大戰比較像是森英一時雞婆，想要介入子薇在正常狀況下必定會以悲劇收尾的研究生涯，才會開啟這次的衝突。本質上，這其實算是件見義勇為的事情，雖然手法完全是踩到良善的界線之外，但結果的確是有幫助到人。

「我知道，但……」森英說，有點猶豫不決。「我知道我們是『無惡不作俱樂部』，理論上應該是一群十惡不赦的壞人，但是……妳在整個過程中也沒有反對。況且俱樂部確實是一直在為了幫助某些人，做見不得人的事情，我覺得可能沒差吧？」

「你說到重點囉。」妮妮說。「俱樂部本質上是愉快犯組織，因此對我們來說，比起『做好委託維持口碑』，更重要的可能是『我們能從做委託中獲得快感』。這次雖然到後面是因為教授想要打擊我們，我們不得已只能發起反擊，但你真的要說的話，我們其實很樂在其中呦？」

「可惜我做委託沒什麼快感……」

「那你就準備今天被我們裡面的其中一個人懲罰吧？就算輪到我，我也不會手下留情呦？」

妮妮說。「我可是等著要把你吃乾抹淨呢？誰叫你上次有機會整我的時候，要去改會規呢？」

「那不是妳示意我這麼做的嗎？」
「我有強制你嗎？」
唉……真是拿這個女人一點辦法都沒有……
「不過，這次能成功，還真的是感謝大家合作呢。」
「哼哼，就像我說的，過程快樂比較重要。」妮妮說。「但是委託的九十點要給誰可就是個大問題了，你想怎麼分配？」
「嗯……由委託者來分配吧！」森英頓時心生一計。
「喂，那不就是你說了算嗎？」
「沒錯，我要盡力逃過被你們整的命運。」
「喔——？誰被整還不知道呢。」
妮妮露出明顯不懷好意的微笑，看著森英很是害怕。
這樣下去森英更堅定了要自保的想法。
不過對於妮妮想要俱樂部質變的動機，森英倒是有個疑問。
「話說我可以問妳一件事嗎，妮妮？」
「喔？森英難得這麼認真欸，腦袋終於上線啦？」
「本來就是在線上的啦……」
「好呦，你問問看。說不定我會誠實告訴你。」
「唉……」森英嘆了口氣，但還是說出了他的問題。「就是……當初創立俱樂部的時候，設計會規的是妳吧？」

「嗯？之前不是就說過了，是我呦？」

「那妳為什麼會想要俱樂部質變？」森英問。「我的意思是，妳可以讓俱樂部就跟原本妳設計出來的一樣啊。為什麼一定要讓俱樂部變得能夠承擔更大的惡作劇？」

「嗯——這是個好問題。」

妮妮稍微思考了一下。

「單純就是有趣吧。做壞事也大家一起搞個大的不好嗎？」

「這是什麼無關緊要的理由啦……」

但森英總有種感覺，不知道為什麼，他總感覺這不是妮妮心中正式的回答。

不過說實在，在跟妮妮的這段關係裡，森英一直都是相對來說拿妮妮比較沒辦法的一方。雖然妮妮不至於到會將森英吃乾抹淨，但卻每每遊走在灰色地帶，讓森英每次跟妮妮單獨出去都心驚膽跳。

這可能也是跟妮妮的真面目相處必須要有的覺悟吧。

「到囉，希望今天宏麟準備的酒好喝。」

「我想吃宏麟煎的牛排……」

「你最好注意一下肉質呦。」妮妮說。「按照宏麟的個性跟廚藝，他有可能給你超爛的肉，但用煎成七分熟掩蓋掉肉其實不好的事實。」

「喂這樣誰會知道啦！」

「你只要嘴巴跟我一樣刁就可以囉？吃過好的就一定分得出壞的味道怎樣啦。」

然後妮妮推門進去，森英隨後跟上。兩人進入包廂，宏麟跟瑞宏早已等在那裡。

「開始吧。首先先搞定大的。」

妮妮拿起桌上的威士忌，喝了一口，表情非常地滿足。

「嗯——！大手筆欸這個！」

「老子今天心情不錯，給小姐妳好的。」

「下個月也要同樣水準呦？」

「不保證。」

「由委託人分配吧。」森英說。「我呢，當然是給我自己九十點——」

「喂你他媽的開什麼玩笑！」

「羅森英你不要太扯。」

「算了算了，這確實也是合理的做法啦。」妮妮卻不知道為什麼在這時跳出來圓場。

咦？等等？

「不是，小姐，這很明顯是自肥……」

「他也不見得會真的就這樣第一就是了，哼哼。」

「好啦，到底怎麼說服小姐的。老子真不懂。」

咦？

「好……所以……瑞宏六十點，妮妮四十點，宏麟二十五點——」

「你小子想被打嗎？」

「算了啦老闆，我六十點滿意了。」

「我四十我也可以接受呦。」

「哼，等等出店門給老子小心點！」

「好……」

森英等等絕對用逃跑的出店門，一秒都不會磨蹭直接衝回家。

「好呦，來辦正事。開委託網吧。」

「等等委託網？」

「森英你明明就知道委託網是什麼，為什麼要問這個？」

「不是……」

森英因為擔心自己的「裝病專區」在被教授針對之後會被調查，所以乖乖地半個月什麼事都不幹，委託網也不翻。結果其他幾個人顯然根本沒在管這些的。隨便一掃過去發現，俱樂部其他人半個月內硬生生做了原本一個月份的委託，效率超級恐怖。

「教授事件解決後就在摸魚啦，小子？這樣老子可以釋懷你給老子二十五點的事了。」

「兩個禮拜零委託，感謝你墊底還給我六十點。」

「呦，森英做得不錯嘛。會答應你讓你分配就是這樣，墊背當得很澈底呦。」

結果結算出來，妮妮反而變成第一，拿了六十點進補的瑞宏第二，宏麟第三，明明硬是多了九十點的森英卻反而敬陪末座。

到底為什麼會這樣啦？可以開始做委託了妮妮妳要講啊？

「小姐是第一名呢。」

「呼，報了上次的一箭之仇呢，謝囉森英。」

「我上次什麼也沒對妳做啊！不是，為什麼妳不提醒我一下可以開始做委託了？」

「這種事還需要提醒，你還是俱樂部成員嗎？何況我們的身分沒曝光吻？只要換個交付地點，改個交付方式，你還是可以繼續進行吻？」

「喂……」

「讓我想想——」

完了，這次真的要被吃乾抹淨了。

「作為久違的給森英的懲罰遊戲，那就——」

要冒險8　PG2997

要有光 FIAT LUX　**無惡不作俱樂部**

作　　者　關星洛
責任編輯　劉芮瑜
圖文排版　黃莉珊
封面繪圖　ZUKA 蘇卡
封面設計　王嵩賀

出版策劃　要有光
發 行 人　宋政坤
法律顧問　毛國樑　律師
印製發行　秀威資訊科技股份有限公司
114台北市內湖區瑞光路76巷65號1樓
電話：+886-2-2796-3638　傳真：+886-2-2796-1377
http://www.showwe.com.tw
劃撥帳號　19563868　戶名：秀威資訊科技股份有限公司
讀者服務信箱：service@showwe.com.tw
展售門市　國家書店（松江門市）
104台北市中山區松江路209號1樓
電話：+886-2-2518-0207　傳真：+886-2-2518-0778
網路訂購　秀威網路書店：https://store.showwe.tw
國家網路書店：https://www.govbooks.com.tw
總 經 銷　聯合發行股份有限公司
231新北市新店區寶橋路235巷6弄6號4F
電話：+886-2-2917-8022　傳真：+886-2-2915-6275

出版日期　2024年7月　BOD一版
定　　價　320元



讀者回函卡

**Printed in Taiwan**

國家圖書館出版品預行編目

無惡不作俱樂部 / 關星洛著. -- 一版. -- 臺北市 : 要有光, 2024.07
面 ; 　公分. -- (要冒險 ; 8)
BOD版
ISBN 978-626-7515-11-2(平裝)

863.57　　　　　　　　　　113009427